꽃도둑

꽃도둑

꽃도둑

초판인쇄일 | 2013년 8월 17일
초판발행일 | 2013년 8월 31일
2쇄 발행일 | 2022년 3월 3일

지은이 | 한후남
펴낸곳 | 도서출판 황금알
펴낸이 | 金永馥

주간 | 김영탁
편집실장 | 조경숙
인쇄제작 | 칼라박스
주소 | 03088 서울시 종로구 이화장2길 29-3, 104호(동숭동)
전화 | 02) 2275-9171
팩스 | 02) 2275-9172
이메일 | tibet21@hanmail.net
홈페이지 | http://goldegg21.com
출판등록 | 2003년 03월 26일 (제300-2003-230호)

값 15,000원

ISBN 978-89-97318-53-7-03810

*이 책은 2012년 한국문화예술위원회의 창작지원금을 받아 제작되었습니다.

꽃도둑

한후남 수필집

황금알

세월의 빚을 덜기 위해……

갑년甲年을 살았는데도
나아갈 길이 흐릿하다
글의 걸음걸이 역시 막막하기만 하다
그러나 글을 떠나서는
차오르는 허기를 채울 길이 없으리라는
이 한 가지 생각만은 분명하다
고샅길을 천천히 걸어가려 한다
가다 보면 마음결이 새겨지고
허전한 가슴에도 생명이 움 틔우지 않겠는가.

또 한 번 글 짐을 부려놓는다
세월의 빚을 덜기 위해……
제대로 성찰하지 못한 생각들을
세상에 드러내는 것이 여전히 부끄럽다
부족한 글이나마
고단한 삶을 이어가는 이들에게
온기로 보태졌으면 하는 바람이다.

2013년 여름
한 희 상

차례

1. 말놀이 각刻놀이

말놀이 각刻놀이 12

청려장青藜杖 16

한풀이 흥풀이 21

백년손님 26

아름지기 30

부정父情 35

초록 무덤 40

외로움 삭다 46

씻어내며 치유하며 50

내 마음의 말뚝 54

북한 젊은이들의 눈물 61

2. 홀로 빛나는 별은 없다

꽃몸살 70

청청한 소나무, 나의 숙부 74

영원한 감자바우 소년 80

홀로 빛나는 별은 없다 84

최초의 로맨티시스트, 윤재천 선생님 88

죽비, 후려치다 93

바람의 넋 98

엄마의 커닝 102

매듭을 풀며 106

측석側席 110

마중물 114

3. 누에의 방

참 스승 122

책 없는 출판기념회 127

영혼의 파수, 박완서 133

참살이 137

혼의 담금질 141

유머 여행 145

누에의 방 150

남자들의 수다 153

사위에게 쓰는 편지 158

사랑하는 딸, 지영에게 161

내 안에도 변종의 가지가 자란다 164

4. 사자먹통

사자 먹통 170

달과 배 172

꽃도둑 174

첫 노을 176

연못 속 일가 179

검박儉朴한 삶 182

녹음 편지 186

창의력, 인문학에서 움튼다 189

부대끼는 삶에서 인간의 존엄성 발견 193

언어의 혼불을 지피신 분들 196

소통을 위하여 199

내 문학을 틔운, 외로움 202

내 작은 뜰 205

소박미 208

블랙홀, 25시 213

5. 멋과 향의 도시, 파리

멋과 향의 도시, 파리 218

십육강, 염원을 품고 인천 공항을 날다 219

콩코르드 광장의 이중성 221

호화로움의 극치, 베르사유 궁전 222

노트르담 대성당의 안과 밖 226

최준호 문화원장의 토로 228

경남예술 진흥을 위한 방향 모새 231

퐁텐블로성과 나폴레옹 침실 232

밀레의 방, 소박한 것이 아름답다 234

까마귀가 나는 밀밭 236

모네의 정원에서 길을 잃고 240

밤의 호사, 센 강 유람선 243

오르세에서 또 길을 잃다 245

1. 말놀이 각체놀이

말놀이 각(刻)놀이

처음엔 그저 가벼운 마음으로 시작한 일이었다.

남의 손을 빌지 않고 내 손으로 도장을 파 보고 싶은 욕심이 들었었을까. 어쩌면 오래도록 손끝에 간직해온 나뭇결의 맛을 제대로 한번 느껴보고 싶은 마음에서였을 것이다.

나는 언어를 다루기 훨씬 전부터 손동작 유희를 즐겼었다.

깨진 기왓장을 공들여 갈아 공깃돌을 수백 개씩 만드는가 하면, 어머니 재봉틀 곁에서 헝겊 조각을 오려내며 찬란한 색의 세계로 빠져들곤 하였다.

입학 전, 고향집에 머물 때는 솜씨 좋은 할아버지 뒤를 졸졸 따라다니며 돈 주고도 못 얻을 감성계발을 일찍이 한 셈이었다. 할아버지 손끝에서 요술처럼 피어나는 벼룻집, 왕골 꽃방석, 진기한 모양의 정원수와 형형색색의 꽃밭들……

묵묵히 글 읽고 땀 흘려 일하시는 할아버지의 숭고한 모습은 내 가슴에 우뚝 선 거목으로 남아있다. 보통사람들이 흉내 못 낼 일들을 끊임없이 창조하시던 할아버지, 그분의 예술성에 젖어 성장할 수 있었던 것은 크나큰 행운이었다.

중학 일 학년이었던가, 미술 시간에 나무로 된 넥타이 걸이를 만들었다. 도자기를 그려 넣은 표면을 조각칼로 한 켜 한 켜 떠내고 마무리할 때 손끝에 묻어나는 오묘한 감촉을 사십 년이 지난 지금도 생생하게 기억하고 있다.

큼지막한 미송 판에 ㄱ ㄷ ㄹ ㅁ ㅂ ㅇ 기본 획을 파는 연습을 하고 나면 메 산山 마음 심心 없을 무無 등을 새긴다. 이 단계에선 솜씨가 미숙해도 별 표가 나지 않는다. 글자 획이 클뿐더러 간단히 한 글자만 파면되니 인내심과 특별한 솜씨도 필요 없다. 혹 딴생각을 할지라도 칼이 어긋나는 일은 드물다. 설령 예리한 칼날이 빗나가 한 획을 끊이먹는디손 치더리도 접착제로 응급처치를 하면 눈속임을 할 수 있었다. 지지부진 기본기를 익히자니 별 흥미가 일지 않았다.

휴강한 덕에 집에 앉아 묵직한 나무판을 붙잡고 씨름을 한다. 남들은 모두 피서 가는 복더위에 이열치열이다. 기초가 부실하니 진땀만 흐를 뿐 진전이 없다. 힘에 부친 상대와 승강이를 벌이자니 귀한 글귀가 이제야 눈에 든다.

하심下心이라, 마음을 내려놓으라 한다. 목까지 꽉 찬 욕심을 비우라는 뜻일 게다. 말과 각체의 수련에 이보다 더 좋은 글제는 없을 것 같다. 결국, 치솟는 욕망을 주저앉혀 마음을 비워낼 때에만 글도 각도 비로소 생생한 제 모습을 드러내지 않겠는가.

추사의 예술성을 강조한 서체이다 보니 구불구불 휘도는 획이 하회마을 물굽이처럼 어지럽다. 설상가상 일 센티 이상 깊게 파고들어가야 제맛을 살릴 수 있다고 한다.

칼과 나의 한판 대결이다. 팽팽한 기류가 감돌고 있다. 난감하다. 조금이라도 딴전을 피우다가는 예리한 칼날은 어김없이 내 허를 찌르고 말 것이다. 좀처럼 칼 든 손이 자유로워지지 않는다.

수령이 오래된 느티나무는 나뭇결이 아름다운 대신 재질이 야물어 초보자는 칼 놀림이 쉽지 않다. 옹골차게 틀어 앉은 옹이조차도 서툰 내 솜씨를 비웃어 칼날을 튕겨내는 것만 같다.

세상에 어디 그리 녹록한 일이 흔하랴마는 예기치 못한 복병을 만난 나는 안절부절못한다. 만만하게 보아온 허술한 틈새를 칼끝은 노리고 있다.

나는 원고를 쓸 때마다 쉽게 다가앉지 못한다. 텅 빈 원고지를 앞에 놓곤 번번이 뒷걸음 치곤 한다. 게다가 애면글면 읽어

놓은 문장이 닳아빠질 정도로 퇴고도 여러 번 하는 편이다. 조심스레 한 켜 한 켜 나무를 떠내는 일은 단어 한 자 한 자 공들여 박아 넣는 일과 다르지 않다. 이중 삼중의 화려한 수사가 문장을 어지럽히듯, 정곡을 찌르지 못한 칼날엔 보푸라기만 일뿐, 각이 서지 않는다. 안일하게 풀어놓은 말들은 문맥을 흐트리고 허술하게 넣은 칼집은 일껏 세운 각을 수포로 돌린다. 그러나 어긋난 문장은 식별이 쉽지 않으나 빗나간 칼날은 흔적이 적나라해 그 실수가 금방 눈에 띄곤 한다.

열대야가 계속되는 폭염에, 하루 8시간씩 깎고 다듬기를 나흘째, 비지땀을 흘린 보람이 있는 걸까, 창칼로 도려낸 마음자리가 매끈한 속살을 드러낸다.

화덕을 안고 칼을 벼려 각을 세우듯 문장도 치열하게 가다듬어야하리. 내가 부리는 언어 하나하나가 온전히 제 빛깔을 띨 때까지 끊임없이 벼르고 벼려야 하리.

청려장青藜杖

근간의 우리나라 연령별 인구변화는 놀랄만 한 수준이다. 국민 소득이 월등하게 높아지고 의료기술의 발달로 노령인구가 큰 폭으로 증가했다. 머지않아 팔십 세 이상 인구가 백만 명에 이르게 될 것이라는 전망이다. 드디어 고령화 사회로 접어든 것이다. 그에 반해 출생률은 현저하게 떨어져 세계 최하위에 머무르고 있는 실정이다.

예전엔 수명 칠십을 채우기가 힘들었던지 당나라 시인 두보杜甫는 곡강曲江이라는 시에서 '인생 칠십 고래 희人生 七十 古來 稀'라 했다. 당시로선 칠십까지 사는 것이 드물다는 뜻일 게다. 그래서인지 장수하는 노인들의 연세 호칭도 나이별로 다르다.

예순한 살을 환갑還甲, 화갑華甲, 회갑回甲이라 하고, 일흔을 고희古稀, 희수稀壽, 희년稀年으로 부른다. 칠십 칠 세는 기쁠 희

喜자의 초서체 七十七과 비슷한 데서 희수喜壽라 하고, 여든 살
은 산수傘壽라고도 한다. 산傘자의 획수를 줄여 팔八 밑에 십十
으로 간략하게 쓰는 데서 연유했다. 여든여덟 살은 미수米壽라
고 한다. 미米자를 풀면 팔십 팔八十八이 되는 데서 일컬어지는
나이이다.

'올해로 저희 아버님이 여든여덟 번째 생신 미수米壽를 맞으셨
습니다. 따가운 봄볕과 여름 더위 그리고 겨울 추위를 모두 겪어
내며 한 해를 살아내듯이 다사다난한 시절을 겪으며 인생의 결실
을 보아 오신 부모님들의 한평생에 경의를 표합니다. 이에 감사
와 존경의 마음을 표하고자 조촐한 자리를 마련하고자 합니다.
소박하고 성실하게 사시면서 집안의 큰 어른으로서 가족을 따뜻
하게 품어 오신 아버님의 인생처럼 음식과 자리는 소박하게 준비
하되, 품 아래 사랑을 받아온 사람들은 모두 함께 하여 따뜻한 정
을 나누는 자리가 되었으면 합니다.'

막내 올케의 초청장 문구에 가슴이 뭉클하다.

일찍 세상을 떠 비운, 맏자식 노릇까지 해내느라 노심초사
하는 동생 내외의 마음을 알기 때문이다.

직계 가족만 사십여 명 모여 조촐한 축하연을 하였다.

아흔이 가까운 연세부터 겨우 걸음마를 떼는 증손자까지 사대가 모인 자리는 참으로 즐거웠다. 칠십 년 넘게 한 가계의 종손 역할을 무난하게 해 오신 감회가 자식들 당부 말씀으로 간절하시다.

"내가 이 나이까지 살아오면서 부끄럽게도 사회에 크게 기여한 바는 없다. 그러나 개인의 영달을 위해 사회적 규약을 거스른 적은 없었다. 아우들과의 형제애가 남달랐기에 가능했다. 너희들도 자신의 안위보다 각자 맡은바 공무에 충실해야 한다. 그러려면 건강을 우선으로 챙겨야 한다. 오늘 이렇게 가족이 다 모여 즐거운 잔치를 할 수 있는 내가 참 복 많은 사람이라고 여겨진다. 고맙고 감사하다!"

당사자의 반대를 무릅쓰고 마련한 소연을 마치고 친정에 묵으면서, 아버님이 평생을 바친 직장생활의 회고담을 들을 수 있었다.

전쟁 통에 금융조합 금고를 배에 싣고 남쪽으로 향했던 위험천만한 피난길이 있었다. 어느 해 동짓달 출장길에 폭설로 시외버스조차 끊겨 발이 묶였다. 기일 내에 도착해야 한다는 신념으로 아버님은 새끼줄로 신발을 둘쳐 매고 대관령을 넘어 출장업무를 차질 없이 수행했다.

아버님이 능력 밖 한계에 부딪혔을 때, 추상같던 할아버님

의 훈시가 귓전에 맴돌았다. '사내대장부라면, 가족이든, 직장이든 맡은 바 책무에 혼신을 기울여야 한다.'

해서 아버님은 바쁜 자식들의 시간을 뺏는 가족모임보다도 평생 몸담았던 직장에서 베푸는 청려장靑藜杖 수여식에 의미를 두시는 눈치였다.

농협에서는 정년퇴임자 중, 장수하신 분들을 모셔 청려장을 선물했다.

오십 대에는 가장家杖이라고 하여 자식들이 지팡이를 만들어 드리고

육십 대에는 향장鄕杖이라고 하여 마을에서 만들어 드리고

칠십 대에는 국장國杖이라고 하여 나라에서 만들어 드리고

팔십 이상은 조장朝杖이라고 하여 임금님이 내린다는 풍습이 조선시대에 있었다.

그때부터 내려온 미풍양속인지 청려장은 명아주대로 만들어 특별히 미수에 선물하는 지팡이라고 한다.

멀리 살다 보니, 청려장 수여식에는 참석하지 못하고 후에 친정에 가서 그 거룩한 의미의 지팡이를 구경할 수 있었다. 애착을 갖고 평생 몸담았던 직장에서 당신의 업적을 기려 선물한 청려장이다. 거실 장식대에 세워놓고 각별히 여기시는 눈

치였다.

지팡이란 노인들의 부실한 수족을 지탱해야 할 도구이니 가벼우면서도 단단해야 할 것이다.

청려장은 줄기를 쳐낸 마디가 툭툭 불거지고 자연 그대로 울퉁불퉁한 손잡이 등이 예사롭지 않다. 마치 산신령이나 들어야 할법한 모양새이다. 요즘은 농장에서 과학적 농법으로 명아주를 재배해서 청려장의 대량생산이 가능하다고 한다.

평생 테니스로 단련된 몸이기에 아직도 운전을 하시는 아버님에게는 지팡이의 쓰임새는 별로 없다. 그래도 오랜 세월 생사고락을 같이했던 직장과 동료를 떠올리며 그 의미를 되새기려는 듯 청려장을 고이 모셔놓고 흐뭇하게 바라보신다. 자꾸 쓰다듬어 보노라니 내게도 그 감개가 가늠할 수 없이 크게 다가왔다.

청춘의 꿈을 접고 가계를 위해 평생을 헌신하셨기에 아버님의 말년도 청려장처럼 가볍고 견고하다.

한풀이 흥풀이

바깥식구하고는 공유하는 티브이 프로가 별로 없다. 내가 즐기는 것은 다큐멘터리나 영화 쪽이고 남편은 주로 뉴스나 운동경기를 관람하기 때문이다. 사정이 그러하니 늦은 퇴근 후 그나마 갖는 짧은 시간조차 서재에서 거실에서 각기 보낸다.

그런데 일요일 오전에는 그 양태가 좀 바뀐다. 경조사로 집을 비울 때를 제외하고는 오전 시간을 한자리에서 거의 같이 보내게 된다. 이공계장학금지원 퀴즈프로와 '진품명품'과 연이어 방영되는 '전국노래자랑'을 보기 위해서이다.

내 기억으론 삼십 년 된 노래자랑 프로를 한두 해를 제외하곤 송해 씨가 쭉 장기진행해 온 것 같다. 남녀노소 전체를 아우르는 건강한 프로그램이기에 명실공히 공영방송을 대표할

만한 장수 프로가 된 것이다. 그 공을 전적으로 출연진들과 희로애락을 같이 해 온 사회자에게 돌리고 싶다.

나도 처음부터 그 프로가 가슴에 와 닿은 것은 아니다. 오십고개 전후로 남편이 프로그램에 빠져 호탕하게 웃어 제칠 때, 화면보다 오히려 그의 얼굴을 쳐다보는 쪽이었다. 그를 따라 내 식성이 바뀌듯 내 까다로움이 무뎌질 즈음, 노래자랑에도 자연스럽게 관심이 쏠렸다. 그리고 사람냄새가 나는 구수한 프로를 보며 가슴에 온기가 차올랐다.

노래자랑 한마당에는 다양한 층의 출연자들이 갖가지 사연을 갖고 나와 구구절절 풀어놓는다. 주객이 혼연일체로 즐기는 것을 보노라면, 내 마음도 동화되어 동심으로 노인으로 부모를 일찍 여읜 소년가장이 되어 웃고 울게 되는 것이다.

전국 방방곡곡뿐만 아니라 뉴욕, 엘에이, 중국 심양, 남미 등 재외 곳곳에 퍼져있는 우리 교민을 위무하고자 프로그램은 진력을 다 하는 것 같다. 노령의 사회자는 체면치레는 고사하고 출연진들의 끼를 끌어내고자 온몸을 던지는 수고도 마다치 않는다. 흥에 겨운 출연자들의 장기자랑을 보고 있노라면 그들의 신명이 내게로도 전달된다. 그들이 쏟아놓는 흥과 한과 서러움이 내속에서도 북받쳐와 생명력이 꿈틀거린다.

재외동포까지도 아우르는 시청률 높은 프로인지라 때론 노래와는 무관한 사람들도 무대에 오른다.

한날, 수십 년 전, 부모와 생이별한 시각 장애인이 출연해서 애타게 부모를 찾았다. 심한 장애를 갖고도 성실하게 노력한 끝에 자신의 어려운 처지에서 벗어나 우뚝 선 이었다. 몇 주 후, 기적적으로 가족을 찾을 수 있었다.

"아버지를 원망하지 않아요! 건강하게 오래오래 사시기만 하셔요!"

절규하듯 부둥켜안는 중년의 딸을 죄스러운 아비는 차마 끌어안지도 못하고 시린 눈물만 흘리고 있다.

엄마 젖을 겨우 뗐을 앙증맞은 어린애가 아빠가 보고 싶다고 빨리 돌아오라고 울음을 터뜨렸다. 앙가슴에 복받치는 그리움을 보며 나라를 위해 타국에서 봉사하는 이들의 노고를 비로소 알아차린다. 그리고 가슴이 뭉클해져 한마음으로 그들에게 감사하는 마음이 되는 것이다.

노래자랑에 나온 이들은 이처럼 모두들 긍정적인 모습이다. 그리고 열정적이다. 제가 차마 부끄러움에 할 수 없는 말과 몸짓들을 제삼자를 통해 대리만족할 수 있기에 관중과 시청자들은 빠져들고 있다.

노래를 잘하여 가요계에 진출하고 싶은 사람에게는 이 무대가 등용문의 구실도 톡톡히 해내는 모양이다. 지금 '황진이'로

인기몰이를 하고 있는 대중가수도 전국노래자랑을 통해 가수가 되었다고 술회했다.

참가자뿐만 아니라 구경나온 사람들도 한 덩어리가 되어 덩실덩실 어깨춤을 추는 걸 보면 우리 민족이 참 흥이 많은 사람들임을 새삼스레 느끼게 된다.

요즘 티브이는 첨단의 아이티기술과 그래픽의 발달로 고질의 화면을 송출하고 있다. 그러나 그 화려한 전달매체에 담길 내용물은 말할 수 없이 빈약하고 거칠다. 불륜을 소재로 한 부도덕한 드라마나 알맹이 없이 출연진들끼리 키득거리다 끝내고 마는 오락물들은 눈살을 찌푸리게 하고 있다. 이런 세태에 농촌과 도시, 음지와 양지의 사람 사는 모습을 질펀하게 전해주는 노래자랑을 통해 남녀노소가 소통을 하고 위로받게 되는 것이다.

팔순이 훌쩍 넘은 사회자는 일찍이 대학생 아들을 잃었다. 이런 기막힌 상처를 안고서도 주저앉지 않을 수 있었던 건, 못다 한 부자의 정을 그들을 통해 이어왔기 때문인 것도 같다.

나는 '전국노래자랑'을 카타르시스 한마당이라고 부르고 싶다. 굳이 우리말로 하자면 '정화, 소통의장'이라고나 할까. 마음속의 억압된 응어리를 행동이나 말을 통하여 발산함으로써 정신의 균형과 안정을 회복할 수 있다고 한다. 정신과에서 환자들의 진료를 통해 검증된 사실이다.

그래서 흥이 많은 우리 민족이 시름의 보따리를 신명 나게 풀어놓는 '전국노래자랑'을 '한풀이 흥풀이 한마당'이라고 부르고 싶은 것이다.

백년손님

한란이 꽃을 피웠다.

빨래를 너는데 바람결에 은은한 향이 풍겨오는 것만 같다. 문득 건조대 밑을 보니, 난분의 꽃대가 어느새 목을 길게 빼고 있는 것이 아닌가. 겨우 꽃봉오리 한 개만 터졌는데도 그 향기에 정신이 다 아연할 지경이다. 꽃대가 올라온 줄도 모르고 떠넘긴 지난 시간을 되돌아보아 지는 순간이었다. 제대로 보살피지 못한 미안함에 얼른 난분을 거실에 모셔놓고 이리저리 돌아가며 꽃 감상을 한다.

이른 아침, 은은하게 번지는 청향에 이끌려 난분에 먼저 문안을 올리게 된다. 야단스럽지 않은 꽃 색과 향기, 무심한 듯 허공에 잎을 드리운 단아한 자태에서 기품이 절로 배어난다. 눈을 떼지 못하고 보고 있자니, 그 청신한 모습이 사랑에 빠진 딸아이 같다.

혼기가 꽉 찼는데 아직 짝이 없어 걱정하던 중 사귀는 사람을 부모에게 인사시킨다고 데리고 내려왔다. 첫 대면이 이루어지기까지 되레 우리 내외가 긴장되는 것이었다. 내 자식을 믿는 구석이 있었다고는 하나, 요즘 젊은 아이들 추세대로 눈에 보이는 외양만 보고 사람을 판단할까 봐 지레 선입견이 든 건 사실이었다.

소개하는 사윗감은 훤칠한 키에 선한 눈매에다 공손한 태도와 신중함까지 나무랄 데가 없었다. 내 집 식구가 되려고 그런지 눈 밖에 나는 구석이라곤 없다. 한 번 두 번 거듭 볼수록 점점 더 신뢰감이 쌓여갔다. 무엇보다도 다행인 것은 크게 잘난 것 없이 부족한 내 딸을 무던하게도 아끼는 것이었다. 어른들 앞에서는 저희들끼리의 애정 표현을 삼가는 것까지 몸에 밴 예절로 키워주신 부모님의 가정교육을 미루어 짐작해 볼 수 있었다.

하기 학위수여식에서 상대방 부모님을 뵐 수 있었다. 강직한 아버님과 지혜로운 어머니 밑에서 잘 자란 모습이 짐작한 대로였다. 사윗감의 가족을 만나보고서야 우리 내외는 비로소 한시름 놓았다. 부친은 외동이고 외가는 일찍이 이민을 갔다고 한다. 아들 형제만 둔 단출한 가정에서 딸아이 역할이 중요

할 텐데, 영리한 아이라 시부모님을 잘 공경하리라고 믿고 싶다. 무엇보다도 사위가 중간 역할을 현명하게 해내리라 생각되어 긍정적으로 마음을 다독이고 있다.

난초 향을 혼자 맡기가 아까워서 디지털카메라로 사진을 찍었다. 연수 들어간 아들을 자주 볼 수 없는 부모님을 헤아려 그 댁에 사진을 첨부해 메일을 보냈다.

"한란이 꽃을 피웠네요. 우리 아이들처럼 청초한 모습이 향기로워 보내드리니 같이 감상하세요." 즉각 답 글이 왔다. 글 쓰는 내가 무색할 정도로 어머니의 감성과 글 솜씨가 빼어났다.

"제가 아들 배필을 위해 기도를 많이 했는데 지영이와 인연을 맺게 되어 정말 기쁩니다. 두 아이들이 허물을 덮어주고 부족한 점을 채우면서 서로를 세워나가기를 늘 기도하겠어요. 보내주신 난 향이 참으로 향기롭습니다."

아무렴요, 넘치지도 부족하지도 않게 두 아이들이 사랑을 고이 키워가기를 간절하게 기원하는 심정이 된다.

방학에 내려와 있는 딸아이에게 넌지시 물어본다. "그 아이의 어떤 점에 네 마음을 빼앗겼니?" "나보다 똑똑해, 말이 많지 않고 운동을 좋아하고 성실해, 솔직히 난 좀 게으르잖아, 그런데 그이는 할 일을 먼저 해 놓고 데이트도 해, 평생 한 번도 아침에 깨운 적이 없대, 어머니가 그러서, 그거 하나만 봐도 나보다 훨씬 낫지요?"

제 말마따나, 딸아이의 게으름과 끈기없는 것은 그 아이가 일깨워 주고, 딸아이의 명랑과 순발력, 재치로 아들만 둔 댁의 딱딱한 분위기를 풀어간다면 금상첨화가 아니겠는가.

"그 댁에선 나를 '명쾌, 상쾌, 통쾌'라 호칭하셔."

향기를 듬뿍 품은 한란처럼 홍조 띤 딸아이의 얼굴이 스물여덟 해를 살아온 중, 요즘 들어 제일 향기롭다.

아름지기

아담한 한옥 마당에 앉아서 낙숫물 소리를 듣고 있다. 돌확속에 뾰족이 봉오리 내민 수련 잎에도 또르르 물방울이 구른다. 안방과 대청과 문간방은 전부 털어 전시실로 꾸미고 2평남짓한 ㅁ자 마당엔 황토타일을 깔았다. 그리고 전시실이 꺾어지는 귀퉁이에 오래된 절구를 앉히고 그 속에 수련을 키운다. 이렇게 고즈넉한 정경은 실로 오랜만이다. 대학 졸업 무렵까지 마당이 있는 한옥에 살았으니 세월이 훌쩍 30년이나흘렀지 싶다.

친구가 꼼꼼하게 일러준 대로 혜화역 4번 출구로 빠져나와서 미로를 더듬어 찾아간 의외의 공간에, 깊은 숲 속 옹달샘처럼 화랑이 자리 잡고 있는 것이 아닌가. 서울대 병원 뒷담을끼고 화려한 상가를 더듬어 물어물어 찾아온 집이다. 고3 때인가, 이 근방의 친구 집에 공부하러 온 기억이 어렴풋이 떠오른다.

여고 동문인 염혜정 관장은 영문학을 전공하고 미국에서 미술사를 공부한 미술평론가이자 수필가이다. 그 시절엔 꽤 드문, 정통 큐레이터인 셈이다. 삼사 년 전, 신문로에 '아트포럼 뉴게이트'를 내고 최근에 이곳 대학로에 '더 뉴게이트 이스트'를 개관했다. 새 전시가 있을 때마다 잊지 않고 늘 멀리까지 알림장을 보내주어 기회가 되면 꼭 가보리라 벼르고 있던 참이었다.

이번 전시회는 오우암의 「길」을 주제로 한 전시이다. 작은 한옥을 개조한 화랑이다 보니 고아한 작품 선택으로 한옥과의 어울림에 염두를 둔 것처럼 보였다.

오우암은 어려서 6·25를 겪은, 60대 중반의 작가이다. 부산에서 활동하고 있는데 여러 차례 청을 넣어 어렵게 마련된 전시라고 한다.

허름한 기차역으로 화물열차가 들어오고, 인적이 드문 창고만 연이어 있는, 암울한 풍경이 대부분이다. 황혼을 등지고, 상이용사가 지팡이에 의지해 정자나무 밑에 서 있다. 억장이 무너지는 노인은 넋이 빠진 모습이고, 돌쟁이를 업은 아낙네는 숨죽여 흐느끼고 있다. 필시 첫 대면일 어린 아들만 빠끔히 얼굴을 내밀고 아비의 낯선 모습을 훔쳐보고 있다. 그림 앞에서 발길이 떨어지지 않아 한참을 보노라면 핏빛 노을이 스며들어 가슴이 얼얼해진다.

그림 속의 길은 아스라이 이어져 소실점이 맺히고, 망연히 서 있는 행인의 시선이 길을 쫓다 잦아들면 보는 이의 마음에도 서늘한 그림자가 스며드는 그림들이다. 길은 끝없이 이어지다 새로운 길을 내기도 덮기도 하며, 때론 느닷없이 사라져, 현실의 막막함을 깨우치게도 한다.

좁고 허름한 한옥 골목을 걷는 기분은 참으로 묘했다. 어쩌다, 디지털문명의 홍수 속에서 홀로 길을 잃었다가 잊혀 진 고향길로 접어든 것 같았다. 오밀조밀한 한옥 동네를 누비며 비로소 온몸에 온기가 차올랐다.

그랬다. 포클레인으로 뭉개고 흔적 없이 털어내지 않았어도 새로운 길을 낼 수 있는 것이었다. 60년대부터 시작된 새마을 사업으로 우리 것을 무조건 헐어버리고 양옥을 짓는 데 혈안이 되었었다. 한국의 전통양식을 기대한 외국 관광객들은 급조된 전통마을을 보고 크게 실망한다고 한다.

이런 틈바구니에서도 우리 것을 지키려 안간힘을 쓰는 이들이 있다. 사라져가는 한국 고유의 풍습과 건축과 유물들을 안타까이 여기던 몇몇 사람들이 자비를 들여 만든 단체 〈아름지기〉.아름다운 우리 것 지키기의 줄임말이다. 남들은 무심하게 넘기나 누군가는 꼭 지켜내야만 될 일들을 찾아서 묵묵히 해내는 그들이 믿음직스럽다.

몇백 년 묵은 고목을 회생시키는 일, 벼락 맞은 정자를 고증을 통해 보수하는 일, 개발의 명목으로 사라질 위기에 처한 고옥을 옮겨 단장 하는 일 등, 한국의 전통적인 아름다움을 지키는 일에는 천 리를 마다치 않고 전국 방방곡곡 어디라도 달려간다.

최근, 이들의 영향인 듯 서울 북촌 한옥 마을에도 최대한의 골격을 살려 개조한 사무실, 화랑, 찻집, 병원, 음식점 등이 인기라고 한다.

지난주에 여고 홈페이지에 이색 광고가 하나 떴다. '창덕궁 청소부 모집, 청소도구 구비, 열정적 마음만 갖고 제시간에 도착 바람' 〈아름지기〉에서 주관하는 행사였다. 마침 동창들은 시간을 유용하게 쓸 거리를 찾아냈던 것이다. 우리 문화를 사랑하는 곡진한 자세로 열 일을 제치고 궁 청소에 시간을 할애했을 것이다.

연경당 문살에 낀 먼지를 정성들여 털어내는 친구들의 홍조 띤 얼굴이 아름답다. 태정문兌正門을 지나온 중년의 얼굴들이 맑은 기운으로 씻겨 무구하다.

1. 말놀이 각划놀이

마음에 낀 때까지 말끔히 걷어낸 그들이 옥류천에 모여앉아, 부채모양 정자 추녀를 하늘로 끌어 올릴 듯, 깔깔거리고 있다. 궐 안의 4백 년 된 주목, 화살나무, 생강나무 위에도 그녀들의 웃음꽃이 날아올라 생생한 빛을 더하고 있다.

부정父情

　한 지방 법원장도 보이스 피싱(전화금융사기)에 속아 현금 6천만 원을 입금 시켰다고 한다. 살려달라는 자식의 절박한 애원을 듣고도 태연자약할 사람이 과연 몇이나 될 것인가. 법원장이 아니라 나라님이라 할지라도 자식의 목숨을 담보로 한 거래에는 꼼짝없이 두 손 들고 말 일이 아니던가.

　법원장은 '전화를 걸면 아들 목숨이 위험하다' 고 한 납치범의 협박에 속아 끝끝내 아들 전화번호를 말하지 않았다고 한다. 간단한 전화 한 통화만으로도 즉각 단서를 잡을 수 있는 일을, 애끓는 정에 사로잡혀 사건의 실마리를 놓칠 수밖에 없었다. 아마도 자신의 목숨이 달린 일이었다면 법원장의 해결 방법은 달랐을 것이다. 법의 잣대대로 원리원칙에서 한 치도 벗어나지 않았을 것이다. 그러나 목숨과도 바꿀 수 없는 자식

명줄이 경각에 달린 일이다 보니 이성을 앞세워야 할 재판관도 잠시 판단력이 흐려졌던 것이다.

나 역시 자식 생명이 위급하다면 돈 보따리를 싸들고 허겁지겁 범인에게 달려가게 될 것 같다.

한화그룹 김 회장과는 또 다른 모습의 부정을 보며 많은 생각에 잠기게 된다.

김 회장의 경우, 애지중지 키운 아들이 피 흘리며 아비 앞에 나타났을 때, 보복심에 눈이 멀어 폭력배를 동원해 직접 찾아 나섰다. 법보다 주먹을 앞세운 처사를 놓고도 한 판사의 '당한 아비의 심정을 이해는 한다.' 는 동정심을 유발한 걸로 미루어 왜곡된 부정을 막연히 가늠해볼 뿐이다.

워낙 상식에서 벗어난 사건이다 보니, 사회적 이슈를 이끌어내 '노블레스 오블리주Noblesse oblige가 공론화되었다. 지도층의 도덕적 의무를 강조한 판결 때문에 김 회장은 예상을 뒤집고 1년 6개월의 실형을 받게 되었다.

부모에게 자식은 어떤 존재였던가, 이 두 사건을 통해 곰곰이 되새겨 보게 된다.

간혹 남편은 노골적으로, '아이들이 엄마를 더 좋아한다' 고 섭섭함을 드러낼 때가 있다. 그럴 때면 나는 왕년에 자신의 감정은 어느 쪽이었나를 상기시키다가 결국 '어미는 자식과 탯줄을 가른 사이'이기에 아빠와의 이성적 거리와는 다르다는 것을 납득시킨다.

단지 DNA의 일부를 나눠준 아버지에 비해 열 달 내내 어미 태반을 통해 영양을 공급받고 정서적으로나 신체적으로나 꼼짝없이 어미의 분신이 된 것을 어찌 같은 선상에서 비교할 수 있겠는가.

우리의 전통적 가부장제도 아래서는 '엄부자모'가 관습으로 내려왔다. '고운 자식 매 한 대 더 주라'고 하는 예로부터의 말씀은 아무리 자식이 사랑스럽고 귀엽더라도 맹목적인 사랑을 베풀 것이 아니라 항상 이성으로 본능적 사랑을 견제하라는 뜻으로 새겨진다.

친정 할아버님은 딸 둘을 낳고 당시로는 늦은 나이 서른에, 눈에 넣어도 아프지 않을 오대 종손 맏아들을 보고도 마음껏 안아주지 못했다고 한다. 문지방을 넘지 못해 쩔쩔매는 어린 아들을 성큼 안아주지도 못하고 발로 거들어 넘겨줄 정도로 어른들 눈을 어려워했었다 한다.

내 논에 물들어가는 소리와 자식 입에 밥 넘기는 소리가 그 시대 아버지들에게는 최대의 기쁨이었다는 걸로 짐작하여도 자식은 어느 부모에게나 똑같이 소중한 존재인 것이다. 단지 그 사랑하는 방법이 다를 뿐, 애지중지 귀한 것은 마찬가지이다.

사내아이들은 홀로 험한 세상을 개척해나가야 했기에 아버지들은 자식이 귀엽고 소중할수록 드러내지 않고 속 깊은 사랑을 가르쳤던 것이다.

이번 일들을 계기로 흥분을 가라앉히고 부모 된 자리를 곰곰이 되짚어 본다.

유아 심리학자는 아이들이 돌부리에 걸려 넘어졌을 때, '아이고 나쁜 놈, 예끼' 하고 돌을 때리는 시늉을 하지 말라고 한다. 바로 이때부터 여린 가슴에도 보복심리가 싹 튼다고 한다. 넘어진 것은 누구의 탓도 아닌 바로 자신의 잘못임을 일찍이 깨우쳐주어야 한다는 것이다.

다 큰 자식이 맞고 왔다 하여 부자 아비가 돈과 권력을 동원해 앙갚음을 하려 든다면 조기 명퇴 등으로 기죽어 있는, 이 시대의 풀뿌리 같은 가장들은 회생할 싹마저 스러지고 말지 모를 일이다.

오늘날, 기계문명이 발달해 풍족해질수록 옛 조상들의 슬기로운 가르침이 더욱더 빛을 발하는 것 같다. 아무리 내리사랑이라곤 하지만 지나침은 모자람만 못하다고 하신 성현들의 말씀을 되새겨 볼 일이다.

어릴 적, 친정아버지는 형제들 중 하나가 잘못을 저지르면

육 남매 모두를 불러 앉혀, 한 시간이고 두 시간이고 잘못을 깨달을 때까지 꾸중하셨다. 나는 잘못한 것이 없는데 연대 책임을 물을 땐 억울하여, 말썽 피운 동생이나 오빠를 원망도 많이 하였다. 돌이켜 생각해보면 그런 부친의 깊고도 넓은 사랑으로 이나마 사람 노릇을 하며 살게 되지 않았나 싶다.

초록 무덤

1.

　시부모님 산소에 다녀올 적마다 송구스러운 마음이 들었다. 고인들은 자식을 육 남매나 낳아 기르시고도 의령 가마골 산등성이에 비석도 상석도 없는 초라한 묘지에 누워계신다. 성묘하고 돌아온 날은 그간 제대로 자식도리 못한 것을 눈으로 확인하고 온 것 마냥 마음이 불편했었다. 이미 삼사십 년이 지난 묘소이니 봉분마저 주저앉아 세월의 무상함을 뼈저리게 느끼게 된다.

　어려웠던 시절, 가난을 헤쳐 나오느라 산소 치장에 신경 쓸 여유가 없었다고는 하나 이제는 형제들 모두가 살만하지 않은가. 그중 제일 여유가 있는 남편이 경비를 부담해서 단장을 할 수도 있는 문제였다. 그러나 내 속만 답답했지 다른 형제들은 물론 남편조차도 그 일에는 관심이 없는 것처럼 보였다. 이대로 방치하다가는 낮은 봉분마저 희미해져 일가를 이룬 2세들 볼 면목이 없을 것만 같다.

보다 못해, 명절 끝에 집안이 모여 앉은 자리에서 산소를 손보는 것이 어떻겠냐고 조심스레 내 소견을 내놓았다. 시숙들의 반대는 뜻밖에 강경했다. 가마골은 산세가 약하기 때문에 만일 석물을 과하게 들였다가는 산의 맥을 끊게 되어 후손들이 잘 풀리지 않을 것이라는 얘기였다. 가슴이 철렁 내려앉았다. 게다가 '종손에게 해가 끼친다.'고 못을 박는 말씀에는 입을 다물 수밖에 없었다.

2.

이천 삼 년, 한국문인협회 재외동포 문학상 수상자는 모스그비 국립대학 교수 인무학(인 알렉산드르) 시인이었다. 근대 단편선 14편을 러시아어로 번역하여 우리 소설의 정수를 러시아에 알리는데 기여한 공이 컸다고 한다. 현지에서의 문학상 시상식과 심포지엄을 위해 사십 명가량의 문협 회원이 문학기행을 하였다. 모스크바, 상트페테르부르크, 우즈베키스탄, 카자흐스탄 등을 여행할 계획이었다.

이상문학상을 탄 윤후명의 『하얀배』는 소련 붕괴 후 형성된

민족 단위 국가인 카자흐스탄, 우즈베키스탄, 키르기스스탄, 타지키스탄 등이 무대가 된 작품이 아니었든가. 연해주로부터 강제이주 된 조선족들의 뿌리 찾기가 주제였던 것으로 기억된다. 이 작품을 쓰기 위해 작가는 무려 4번이나 현지답사를 했다. 줄거리는 희미했으나 한 소년이 풀꽃들과 만날 때마다, 가만히 입속으로 되뇌어보던 "안녕하십니까." 하는 우리말 인사는 명징하게 기억 속에 남아있었다. 모국어를 알아야 고향을 찾아갈 수 있다는 조부의 애국심이었다. 천산 밑의 감청색 호수에 비친 희디흰 만년설을 작가는 뿌리 뽑힌 삶을 구제해 줄 표상으로써 '하얀 배'로 형상화했다. 그 청정한 소년과 호수를 떠올리며 나는, 출발 전부터 잠을 설쳤다.

이마에 불덩이를 인 8월이건만 툰드라 지방의 공기는 삽상하였다. 모스크바에서 무려 220킬로 미터 떨어진 톨스토이 생가를 방문하는 길이다. 웬만한 여행팀에서는 그냥 지나칠 곳을 문인이기에 얻은 혜택이었다.

차창 곁으로 줄지어 서 있는 자작나무 숲들, 창문이 닫혀있건만 나무에서 뿜어내는 정령들이 폐부 깊숙이 축복을 내리는 것만 같았다.

톨스토이 문학관이 위치한 남러시아 툴라시 외곽의 '라스나야 폴랴나' 러시아 말로 '눈부신 초원'이란 뜻이다. 생경한 말

을 입속에서 꽈리처럼 터트려 본다. '폴랴나, 폴랴나…….'

3시간가량 타고 온 버스에서 내리니 쏴아 하게 번지는 숲의 향기가 폐부 깊숙이 파고들고 눈부신 햇살과 청량한 바람은 귓불을 간질인다.

매표소에서 50미터 가량 걸어들어 갔을까, 왼편으로 자그마한 못이 나타났다. 이 거대한 땅에 소담스런 연못이라니, 게다가 물가에 낭창낭창 늘어진 수양버들은 요염하기 짝이 없다.

아스라이 보이는 자작나무 가로수 길에 마차 한 대가 오고 있다. 집채만 한 건초더미를 실은 마부는 놀랍게도 여성이다. 그녀의 미소가 하얗게 부서져 더위마저 가시는 것 같다. 은빛 자작나무 잎들이 속살거려 내 안의 세포를 일시에 곧추세운다. 아아, 한 폭의 그림 같은 정경이여, 이 맛이 바로 여행의 진수가 아니런가. 내 발걸음은 지금 땅을 딛지 않고 공중에 둥둥 떠서 톨스토이 생가로 향하고 있다. 지만치에 하얀 목재 이층 건물이 나타났다.

신을 현관 밖에 벗어 놓고 문학관으로 들어섰다. 36년간 자그마치 이만 여권의 책을 모았다. 18세기에 사용했던 질박한 모양의 시계는 6시 5분을 가리키고 있다. 톨스토이가 떠돌다 임종한 시각에 멈추어 선 것이다. 서재에는 부친에게서 물려받아 집필할 때 사용했던 허름한 책상이 놓여있다. 대문호의 손때가 묻은 책상은 간결 소박하면서도 주인처럼 단단해 보인다.

침실에 들어가 보았다. 뜻밖에 누추한 잠자리에 모두들 놀라는 표정이다. 침대가 마치 야전용 간이침대에 침대보만 씌운 것처럼 보인다. 이내, 털실로 뜬 소박한 침대보에 시선이 박히게 되었다. 털실로 5센티 정사각형 모티브를 떠서 연결한, 공이 많이 든 침대보이다. 남편의 사랑이 곡진했던 여인의 정성이 짙게 배어있다. 침대 머리 옷걸이에 걸린 톨스토이의 흰 와이셔츠를 발견한 순간, 콧잔등이 시큰하다. 대작가의 검소함에 뼈가 저리다. 귀족가문의 후손이, 더군다나 한 시대를 관통하는 대문호의 영혼이 이다지도 검박하였단 말인가. 그의 작품 한편 한편을 다시금 되새겨 보는 순간이었다. 사진 촬영을 못 한 아쉬움에 그저 눈으로 가슴으로 담아보느라 애를 쓰지만 한계가 있지 않은가.

박물관 밖으로 나오자 들어갈 때 보지 못한 나무가 한그루 보이고 그곳엔 자그마한 종이 매달려 있다. 드넓은 뜰을 거닐던 톨스토이는 종소리를 듣고서야 사색을 접고 식당으로 향했다고 한다.

한낮임에도 자작나무 숲이 칙칙하게 우거져 한기가 들 무렵이었다. 눈앞에 아무 장식도 없는 초록 상자 하나가 눈에 띄었다. 그것이 묘지란다. 꽃다발이 앞에 놓여있지 않았다면 그냥 지나칠 뻔한 단순한 묘지. 정녕 이곳이 대문호 톨스토이의 묘지란 말인가? 나는 눈을 의심했다. 비석도 상석도 묘지명조차 없는 단순한 직육면체. 수십 년간 작품을 읽고 키워온 외경심의 절정에 다다른 공황상태라고밖에 그 순간을 표현할 길이 없다.

그는 귀족의 혈통이었음에도 평민의 삶을 살고자 하였다. 집을 나간 지 두 달째, 결국 그가 임종을 맞이한 곳도, 아스따뽀또 역장의 관사였다.

톨스토이 묘지는 형 니꼴라이가 가족의 행복을 빌어 비밀 나뭇가지를 묻었다고 전하는, 숲 속에 고즈넉이 자리하고 있다. 무덤 주변으론 생전 작가가 좋아했었다는 참피나무가 빼곡하게 그늘을 드리우고 있다.

외로움 삭다

　제 꼬리를 물다시피 하고 맴을 도는 강아지가 있다. 사람들이 북적거리는 비좁은 시장 한복판이다. 무시로 지나다니는 행인과 짐자전거, 리어카에 치이기라도 할까 위험하기 짝이 없어 보인다. 강아지는 한자리에 못 박힌 듯, 지쳐 쓸어질 때까지 종일 맴을 돈다고 한다.

　생명 줄을 바투 잡고 버둥거리는 여린 목숨이 가시처럼 눈에 와 박힌다. 제 운명을 지켜내려는 눈물겨운 사투에 보는 이들은 명치끝이 저리다. 그 애처로운 행동을 말릴 재간이 없어 주변 상인들은 손 놓고 지켜볼 수밖에 없다. 틈만 나면 가게를 뛰쳐나와 한자리에서 맴을 도는 강아지를 주인조차도 말릴 길이 없어 시름에 잠겼다.

　강아지의 기이한 행동이 한 방송프로에 제보되어 사연이 알려지게 되었다. 5, 6년 전, 개 주인은 사기를 당해 입에 풀칠조차 힘든 형편이었다. 자신이 키울 수 없게 되자 친척에게 맡겼는데 강아지는 그 순간부터 주인을 찾아 맴돌았다고 한다. 몇 달 뒤 만신창이가 된 채, 기어이 주인을 찾아왔다. 이 가여운 행동은 그 뒤부터 생겨났다고 한다. 맴돌다 기진한 강아지를 끌어안고 개 주인은 눈물을 글썽거렸다. "이 불쌍한 것이 날 찾아 얼마나 용을 썼으면 이리되었겠소"

지하철 안이다.

전철을 한 시간 반가량 타야 하기에 시집 한 권을 가방에 넣었었다. 종점 부근이라 빈자리가 많았다. 자리에 앉아보니, 맞은편 출입문 옆 바닥에 한 남자가 주저앉아 있다. 옷차림으로 보아 노숙자 같지는 않았다. 등산객이 많으니 아마 그도 바닥에 앉아 산행에서 뭉친 다리를 푸는가 보다 하고 예사로이 여겼다.

한참 몰두해 시집을 읽는데, 내 앞으로 같은 복장의 사람이 반복해서 왔다간 사라지는 것 같았다. 책장에서 눈을 떼어 서성거리는 사람을 살펴보니 맞은편 바닥에 털썩 주저앉아 있던 바로 그였다. 바닥을 골똘히 응시하고 깊은 생각에 잠긴 듯, 양미간도 접힌 채이다. 전철 칸 이쪽 끝에서 저쪽 끝까지 맹목적으로 오가고 있는 것이다.

그 부산스러운 행동 때문에 산만해져 시집도 머릿속에 들어오지 않았다. 이제나저제나 멈추려나, 나의 짐작은 계속 빗나가고 있다. 이제 인내심에도 한계가 온 것 같다. 벌떡 일어서서 멈추라고 소리치고 싶었으나 용기가 없으니 꾹 참고 있을 수밖에. 주위를 둘러보니 다른 사람들은 심드렁한 표정이다.

집요한 그의 행동을 오래 지켜보자니 오죽하면 저러랴 싶어 가여운 마음이 드는 것이었다. 그는 왜 저토록 골몰히 한자리를 맴돌고 있는 것일까. 시장통의 처절한 강아지처럼. 벗어날 수 없는 엄청난 상처가 그를 옥죄어 침몰시키고 있는 것은 아닐는지. 전철 칸에 못 박혀 영혼을 갉아대는 가여운 사람아!

엘리베이터 안이다.

슬픔도 깊어지면 삭는 것일까. 고뇌가 서린 눈망울이 머루알처럼 검다. 오랜만에 만난 아이는 이제 성숙한 소녀가 되어 있었다. 대여섯 살 무렵, 아무 준비도 없이 어미를 빼앗겼다. 곱고 다정하던 엄마는 어느 날, 아이 곁에서 홀연 사라지고 말았다. 췌장암이라고 했다.

얼굴은 까칠한데, 눈빛만은 살아 형형하다. 나의 연민이 소녀에게 가 닿았는지 순간 머리를 푹 숙였다. 침묵이 어색해서

아이 등을 토닥이며 '공부하기 힘들지?' 고작 이 말밖에 해 줄
수 없었다.

홀로 있을 때, 고독은 깊어진다. 곁에 사랑하는 이가 오래
머물렀던 사람일수록 혼자가 되면 그 외로움을 견뎌내기 힘든
것이다. 그래서 키르케고르는 고독을 죽음에 이르는 병이라고
까지 하지 않았던가. 정당한 고통과 불안을 받아들이지 않으
면 노이로제가 된다고 한다. 회피하지 말고 바로 맞닥뜨려 해
결해야 한다고 정신과 의사들은 말한다. 평범한 사람일지라도
노이로제에 시달리는 경우를 흔히 볼 수 있다.

고독과 불안은 인간의 생래적 정서이다. 게다가 급속도로
발달하는 물질문명을 섬세한 감성이 미처 따라잡지 못해 몸의
균형이 깨지기 쉽다. 해서 현대인들은 더욱더 깊은 우울증에
빠져들고 있는 것이리라.

존재의 근원적 허무는 차치하고라도 창작하는 이들은 더 큰
고뇌로 시달리고 있다. 영원히 해결될 기미가 보이지 않는 창
조의 불안은 깊고도 깊어져 무시로 영혼을 뒤흔들어 놓곤
한다.

씻어내며 치유하며

기실 세탁은 옷가지의 때만 빼내는 것이 아니다. 덤으로 내 속도 후련하게 헹궈지니 일거양득이 바로 이를 두고 이른 말이 아니던가.

얼룩진 빨랫감을 따로 모아 애벌빨래를 하고 세탁기에 넣어 돌려 탈수한 후에 일일이 털어 빨래 대에 넌다. 햇살이 시원찮은 날은 두서너 시간 뒤 빨래를 뒤집어 뽀송뽀송 마르고 나면 걷어 들인다. 주름진 것을 일일이 펴고 다려서 식구별 서랍에 갈무리해야 하는, 손이 많이 가는 일거리인 것은 분명하다.

이렇게 와이셔츠 깃에, 앞자락에 묻은 때를 일일이 점검하노라면 자연스레 식구들의 노고가 떠오르며 간절히 기도의 마음으로 돌아가게 된다.

아들애의 양말을 말려 개킬 때 보면, 땀에 절어 선가 면양말

바닥이 나일론처럼 까슬까슬하다. 아이가 치러 낸 하루의 수고가 고스란히 쌓인 것만 같다. 그래도 서류가방을 들고 신명나게 출퇴근하는 걸 지켜보노라면 지난 세월을 보상받은 듯, 나도 신바람이 절로 난다.

신림동 고시원 지하에 되만 한 방을 얻어 이사를 시켜놓고 내려오는 버스 안에서 내내 가슴이 먹먹했다. 고시원 월세 학원비가 만만찮았다. 어리석은 녀석은 부모 생각한답시고 촌음을 아껴야 할 시간에 제 빨래를 해가며 사법시험 공부를 했다. 입학 후 6개월밖에 대학 생활을 맘 편히 즐기지 못했다는 자조 섞인 고백을 듣노라면 어미의 가슴에도 멍이 들었다.

5년 남짓한 수험준비로 젊은 애가 진이 다 빠져버려 삼시에 응할 때는 남편이 원망스러워 졌다. 수학 과학을 잘하던 아이였다. 이공계를 홀대하는 이 나라의 현실에선 제도권 안으로 들어가야 한다며 문괴로 전괴를 시켰었다.

이제 아들아이는 고초의 시간이 헛되지 않은 듯, 혼신을 다해 얻은 자신의 일에 신명 나 있다. 어려운 처지 사람들을 국선변호 하는 것이 보람이 있는지 얼굴에서도 빛이 난다.

남편의 와이셔츠는 아무리 문질러도 누런 깃이 깨끗해지지 않는다. 서너 해 넘게 입은 탓이다. 늘어난 목둘레를 감당하지 못해 넥타이를 매면 꼭 조여지지 않는다. 절약이 몸에 배고 자신의 입성엔 무관심한 사람이라 도무지 남의 시선 따위는 아랑곳하지 않는다. 어려웠던 남편의 성장환경을 감안하면 현재의 생활이 풍요롭다 못해 사치라고까지 생각하는 눈치다. 나달나달한 셔츠 소맷부리와 깃을 매만지노라면 곤궁했던 그의 과거를 어루만지는 듯 내 가슴도 싸해진다.

물건을 잘 못 버리는 습관은 남편뿐만이 아니다. 나도 결혼 후, 10여 년간은 양말 한 켤레 사 신지 못하고 돈을 모아 집을 장만했다. 고등학교 체육복 스웨터를 아이 젖 먹일 때까지 입었고, 대학시절 가정교사 월급으로 마련한 티셔츠는 처분한 지 불과 몇 년 되지 않았다.

남편 생신에 내려와 딸 내외가 입었던 실내복을 빨아 널며 딸아이의 성장통이 아리게 떠오른다. 딸애는 고집이 무척 세서 제가 원하는 것은 꼭 하고야 마는 성미다. 빠듯한 살림에 예쁜 원피스를 사 줄 수 없어 옷가게 앞을 나뒹굴며 떼쓰는 아이를 그냥 두고 왔었다. 눈치가 말간 아이는 강경한 어미의 심사를 읽었는지 일어나서 집까지 울음을 달고 왔다. 사연을 들은 남편은 귀담아 뒀다가 출장비를 아껴 딸아이가 원하는 빨간 비로드 원피스를 사다 입혔다. 그 세월이 엊그제 같건만 벌써 출가하여 친정부모의 건강을 염려하는 딸이 되었다.

운동을 좋아하는 사위는 자주 입는 운동러닝이 솔기가 나달 나달해지도록 버리지 못하게 한다고 한다. 사위 역시 장인을 닮아가고 있는 것인지 한 세대 밑인데도 지나치다 싶어 딸애를 타일렀다. 아낄 때 아끼고 바깥에 나가는 남편 번듯하게 챙기라고.

친정어머니는 자신의 변변한 속옷 한 벌 없이 육 남매를 대학교육 마쳐 출가시키셨다. 해진 아버지의 내의와 양말을 기워 입으시는 걸 여러 번 목격했다. 가족에 대한 헌신을 잘 아는 딸아이가 외할머니 생신에 속옷 세트를 선물했다. 친정 나들이 갈 때마다 자랑하면서도 아끼느라 여태 새것을 입지 못하신다.

아파트에 사시는데 아직도 속옷과 타월을 뽀얗게 삶아 방망이질해서 따가운 햇살에 널어 말린다. 세탁기를 사용하라면 아직 내 손이 좋다시며 딩신의 오래된 결벽증을 비리지 못한다.

오랜만에 햇살이 좋아 꿉꿉한 방석이며 쿠션을 벗겨 빨아 널었다. 빨래를 손질하고 있자니 가족의 소중한 추억이 내 안으로 들어와 신선한 기운이 차오른다.

내 마음의 말뚝*

이사를 하고 나서 줄곧 시달려온 증세가 있다.

창밖으로 시선을 두면 장난감 같은 자동차가 발밑을 가로지르고, 정류장에 웅숭그리는 사람들은 내가 섞일 수 없는 낯선 세계의 모습으로만 비칠 뿐이다.

절해의 고도에 홀로 있을 때에만 비로소 진정한 자신과의 대면이 이루어지는 걸까. 나는 누구인가? 시원하게 답할 수 없는 근원적 물음에 발목 잡혀 종래에는 한 점으로 잦아들고야 만다. 혹 안개가 산봉우리를 덮고 빌딩의 허리를 감싸올 때 나도 봉우리의 일부가 되어 비로소 발밑으로 실뿌리가 내린다.

삼 년 전 어렵게 분양받은 아파트가 하필 십오 층이 되자 집 장만한 기쁨보다는 이 일을 어떡하나 하는 낭패감이 앞을 가로막는 것이었다. 마음에 병이 들면 몸도 성치 못하다더니 흙 냄새가 그리워질수록 누워 지내는 시간이 많아졌다.

오래도록 정붙여 키워온 화분들도 왠지 생기를 잃어가고 집 안 가득 고인 적요에 기갈 들린 사람처럼 눈만 뜨면 창문을 열어댔다. 조바심을 떨수록 가슴이 더 메말라가는 것 같아 스스로를 달래기 위해 지리산 밑 '하늘 아래 첫 동네'에 와 있다고 너스레를 떨어보지만 어디 작정해서 되는 일이던가.

현재의 상황이 어설프고 삭막할수록 향일성 식물처럼 마음은 늘 한곳으로 치달린다.

올여름 고향집을 찾아보아야겠다는 간절함이 기회를 불러왔다.

강원도 구정면 구정리, 지금은 시로 편입되었지만 강릉시에서 시오리 남짓 걸으면 당도할 수 있는 곳이다. 소싯적 떠나와 까마득하나, 그 징경은 생생하게 뇌리에 찍혀 있다.

아흔아홉 고개, 대관령이 젖줄인 남대천이 강릉을 푸근히 끼고 돌고 전국적으로도 드물게 남아 있는 오월 단오제 놀이가 이 남대천변에서 이뤄지고 있다. 강릉 사람들이 맺고 끊는 것 없이 마냥 유유자적 느리기조차 한 것은 아마도 이 남대천을 품고 물처럼 살아온 영향이 크리라는 생각이 든다. 여울물 바닥에 자갈이 드러나도록 수량이 많이 준 것 같아 쓸쓸함이 더해왔다.

할머니 손을 잡고 단오제 구경을 나왔다가 폭우로 불은 물에 그만 새로 산 꽃고무신 한 짝을 띄워 보냈던 아쉬움에 물길을 따라 유년을 더듬어 간다.

해 종일 장바닥을 쫓아다니느라 발등이 소복하게 부어와 옹기점 근처에서 칭얼거리면 오냐 조금만 더 가서 거북바위에서 쉬어가자고 달래시던 할머니. 그 다정다감하시던 할머니의 눈빛에 찌르르 가슴 저리다. 어린 가슴을 요동치게 하던 옹기점은 이미 사라지고 위용을 떨치던 거북바위도 이제는 더없이 작게만 보인다. 하늘에서 내려온 것처럼 희디희게 나부끼어 이상스레 꿈을 키우던 지서와 면사무소의 깃발도 한없이 낮아져서 허망하기조차 하다.

성황당 앞 개울에는 큰 소가 두 군데 있어 위에서는 남정네들이 여름밤에 나와 멱을 감고 아래 소에서는 아낙네들이 더위를 식혔다. 어쩌다 덩치만 웃자란 사내애가 아래 소를 엿보며 돌을 던질라치면 억척스러운 계집아이들에 둘러싸여 꼬집히곤 했다. 그 종덕이가 금방이라도 히히- 웃으며 풀숲을 헤치고 나올 것만 같다.

가뭇하게 바라뵈는 고향집은 차마 바로 보지 못하고 산소자리로 감자밭으로 괜히 시선을 피한다. 오랜 도시 생활에서 간절히 돌아가고자 했던 집으로 선뜻 내달을 수 없는 것은, 내 꿈의 근원이 흔적도 없이 사라져버리지 않았나 하는 걱정에서이다.

증조부모와 자식을 낳을 수 없어 뒷방 신세가 되었던 증조선모의 무덤에서 오래도록 자리를 뜰 수 없었다. 그분은 살아서 소외되었다더니 죽어서도 남편과 둘째 부인의 등 너머에 외로이 밀쳐져 있는가. 하기야 자식을 못 낳는 것이 칠거지악에 들던 어처구니없는 구시대였으니 당연한 일이었을지도 모른다.

풀무치 잡으러 무덤가를 나풀대는 아이들을 새삼스레 귀하게 바라보게 된다. 노랑나비 한 마리가 아이들 뒤통수를 따라 날아오른다. 그분의 넋이런가 하염없이 눈으로 쫓아본다.

감자밭 이랑을 따라 가슴 두근거리며 고향집으로 향한다. 칠순이 가끼운 고모는 농번기에 단이징을 곁에 끼고 김을 매었다며 소녀처럼 웃으신다.

집 가까이 이르자 뽕나무가 먼저 눈에 들어왔다. 검붉은 오디를 한 움큼 입에 넣고 앞산을 바라보며 살포시 꿈을 키우던 곳이다.

너른 마당에는 잡초가 무릎까지 덮여오고 중문을 받치던 행랑채는 허물어져 빗장이 꽂힌 채 문짝이 나뒹굴고 있었다. 눈물이 왈칵 쏟아지려 하였다. 육중한 중문을 넘나들며 얼마나 숨을 조이고 몸을 떨었던가. 굳게 지른 빗장을 풀고 문밖으로 나가는 일은 엄한 할아버지로부터의 탈출이었고, 아주 작지만 당찬 도전이었다.

이제껏 넘치는 끼를 다스리고 사는 것도 애초에 다잡았던 조부님 덕이 아닌가 한다. 그분은 정감록을 굳게 믿어 계룡산 밑에 터전을 잡아야 한다고 주장하는 다소 황당무계하기도 하고 도사 같기도 한 분이었다. 가까이 보살핀 둘째 손녀의 속을 훤히 꿰셨는지 욕심이 많으니 벌거벗고 시집가도 잘 살 거라며 맨몸으로 시집 주라 명하셨단다. 할아버지의 예언대로 나는 결혼을 하고 나서 밥솥도 티브이도 장만하고 살았다.

사 남매의 간곡한 청에, 할아버지는 고향집을 정리하고 서울로 가실 때도 실상 집값을 많이 쳐주는 사람보다는 집을 오래도록 잘 간수할 수 있는 사람을 물색하였다고 한다.

할아버지가 애지중지하시던 석류, 무화과, 앵두나무들은 돌보는 이 없어 수명을 다하려 했고, 수많은 방문객의 칭송을 듣던 치자나무도 곧 생명이 다하려 하였다. 하얀 치자 꽃이 피어 향기가 흐드러질 때, 온 누리가 얼마나 황홀해지던가. 지금도 그때의 아름답던 세상이 환하게 열려오는 것만 같아 가슴이 떨려온다.

서쪽 켠 골마루에 달린 긴 유리창을 통해 하늘이 통째로 쏟아졌었다. 노을이 물들면 유리창은 온통 붉게 타오르고 때맞춰 기러기라도 줄지어 날아가면 왜 그리도 가슴이 아리며 눈물이 흐르던지…….

달도 싸늘하던 동짓달 밤에 온 동네 아낙들이 모여앉아 감을 깎아 곶감 꿰던 날, 뒷집 홍자 언니는 부젓가락 달구어 머리를 지져주었었다. 칠흑 같은 밤, 추상같은 할아버지의 불호령에 우물에서 머리를 감고 나서야 잠자리에 들 수 있었다. 그 정신의 지주였던 할아버지도 옛집도 모두 허물어져 없다. 이제 나는 무엇에 기대어 꿈꿀 것인가.

낡은 흙다리를 건너
고향으로 간다
감겨오는 어둠을
허물처럼 벗고
제비꽃 몸을 숨긴 언덕을 넘으면
꺾이더라도
휘어지지 마라시던 할아버지
시방도 그 목소리

쩌렁하게 울리는 땅
비단폭 노을에 기대어
저녁연기 그윽한 고향으로 간다.

– 한후남, 「흙다리」 전문

* 박완서의 「엄마의 말뚝」에서 차용

북한 젊은이들의 눈물

축구선수 정대세

사십사 년 만에 월드컵 본선 무대를 밟은, 북한 팀에 대한 세계의 관심은 대단했다.

유월 십육일 새벽, 남아공 엘리스 파크 경기장에서 브라질과의 조별 리그 일차 전을 앞두고 북한의 국가가 울러 퍼졌다. 그때, 한 청년이 하염없이 눈물을 흘리고 있었다. 한순간 우리 국민들도 젊은이의 순수한 눈물 앞에 같이 울먹였다. 오랜 세월 남북이 가로막혀 돌처럼 굳어졌던 민족의 응어리가 봇물 터져 한마음으로 흐른 것이다. 바로 그 청년이 일본 가와사키 프론탈레 소속 공격수 정대세이다. 그는 경기 끝난 후의 인터뷰에서

"우리 국가를 들었을 때, 꿈이 정말로 이루어졌다는 생각이 들어 감격에 겨웠다."
고 눈물을 보인 이유를 설명했다.

정 선수의 가족사에는 식민지와 분단을 거친 우리 민족사의 아픔이 고스란히 투영돼 있다.

외할머니(91세)는 꽃다운 열일곱에 일본에 가서, 방직공장 직공으로 일했다. 비슷한 처지의 동포와 만나 결혼을 했으나, 태평양 전쟁 말기에 남편은 공습의 희생자가 되었다.

정 선수의 어머니는 한때, 조선학교 교사를 지내며 아들 형제 모두를 그 학교에 입학시켰다. 외할머니의 영향이 컸다. 그러나 정 선수 부친은 국적이 한국이다. 한 가정 안에서도 북한과 남한으로 부모의 국적이 나뉜 것이다. 하지만 정 선수 부모는 세 자녀를 둔 화목한 가정을 일컬어 '분단을 넘어 통일을 이룬 것'이라는 믿음을 갖고 있다.

정대세는 출생과 동시에 부친의 국적을 따라 자동으로 한국 국적으로 등록되었으나 호적도 주민등록증도 여권도 없다. 적극적으로 한국 정부에 신청하지 않았고 앞으로도 그럴 의사가 없다고 한다.

월드컵에서 북한 대표로 뛸 수 있었던 것은 북한 여권을 갖고 있기 때문이다. 정대세는 대학 시절, 북한 여권을 신청한 적이 있으나 당시엔 한국 국적을 가진 사람에겐 여권을 줄 수 없다고 거부당했다 한다. 프로 진출 이후, 이천칠 년 조총련 소속 체육인들이 적극적으로 북한 정부를 설득해 여권을 발급받고, 국제축구연맹으로부터 북한 대표 자격을 인정받았던 것이다.

정대세는 '겨울연가'를 보면서 울고 동물 다큐멘터리를 보면서도 우는, 감성이 풍부한 선수라고 한다. 브라질전에서 눈물을 하염없이 쏟은 것은 짧은 순간, 자신의 축구 인생을 돌이켜보며 현재의 자리에 오기까지 수없이 겪었던 난관들이 떠올랐기 때문이라고 술회했다.

그의 국적이 한국이란 사실은 천안함 사태로 악화된 남북관계와 절묘하게 겹쳐져 우리에게 더욱 많은 것을 생각하게 하였다.

"대세의 눈물은 재일 교포들의 한과 아픔을 상징하는 눈물이다."

차별의 높은 장벽을 이겨내고 프로선수가 돼, 월드컵에까지 나간 자랑스러운 아들이 아니던가. 곁에서 안타까이 지켜본 어머니는 더 많은 세월을 눈물로 지새웠을 것이다.

오로지 대표선수의 꿈을 이루기 위해 매진하다, 막상 팀에 합류해서 경기를 해보고는 정대세의 고민이 오히려 더 많아졌다고 한다. 문화적 이질감에다 축구의 수준 차이와 북한의 열악한 여건 때문에 실망하고 자신의 선택에 대한 갈등이 컸다고 한다. 그때, 어머니는

"네가 언제부터 유명해졌나, 초심으로 돌아가 배전의 노력을 해라."

고 타일렀다.

정대세는 브라질전에서 군계일학의 기량을 보여 독일 분데스리가로 스카우트 되었다가 지금은 국내 프로팀에서 맹활약하고 있다.

북의 경제학자

올 사월, 목련봉오리가 우웃빛으로 벙글 즈음, 북한학을 전공한 한 대학교수의 글을 접하게 되었다.

'때로 때때로 그가 그립다. 특히 목련이 피어날 무렵이면…….' 다분히 문학적인 서두로 시작한 그의 글은 독자의 가슴을 뭉클하게 만들었다.

자신이 만난 북한의 젊은 경제학자의 안위를 위해서 만난 장소, 시기를 분명하게 밝히지 않았다. 그걸로 그는 학자이기

이전에 인간에 대한 연민이 절절한 분임을 알 수 있었다.

그가 어느 학회에서 북한의 젊은 경제학자를 만났는데, 잘 생기고 영어회화도 유창하고 특히 북한경제의 미래를 발표할 땐, 목소리에 힘이 실려, 조국에 대한 사랑이 곡진한 것을 알 수 있었다. 그러나 개인적으로 말을 섞는 것은 피하는 눈치였다.

여러 날 회의 끝에 자신의 책 한 권을 건네며

"한번 보십시오. 남쪽 학자의 분석이니까."

라고 했다. 기대하지 않았는데, 뜻밖에도 북한학자는 선뜻 책을 받았다고 한다.

다음 날 아침, 회의장에서 그를 다시 만났는데 인사조차 받지 않았다고 한다. 그러던 그가 점심 후에 불쑥 찾아왔다.

"담배 하나 주시라요."

의외었으나 침으로 빈가웠다.

목련꽃 향기가 은은하게 번져오는 벤치에 마주 앉았는데 그의 눈에 핏발이 섰더란다.

"피곤해 보입니다."

주위를 살피며 조심스레 말하자

"다 조 선생 때문입니다. 조 선생이 준 책 때문에 잠을 못 잤단 말입네다."

한번 말문을 연 그는 달변이었다.

그는 두 가지 이유로 잠을 못 잤다고 했다. 남쪽에서도 '공화국'을 걱정해 주는 사람들이 이렇게 많다는 사실이 감격스러워 잠을 이룰 수 없었고, 또 자신들이 미처 생각하지 못한 문제점을 지적하고 있어서 밤새워 뒤척이며 고민했다는 것이다. 그날 세부적인 질문과 반론을 펴고 많은 얘기가 오고 간 후, 학자적 유대감마저 느꼈다고 한다.

그런데 환송 만찬 자리에서 도수 높은 술을 몇 잔 나눈 후, 구체적으로 '종합시장' 설치의 배경을 따져 물었다고 한다. 북한 당국의 생각도 궁금했지만, 젊은 학자의 개인적 견해도 알고 싶어서 한, 의도적인 질문이었다는 것이다. 그때, 남한학자는 당황했다.

"그럴 수밖에 없는 경제 상황, 그런 제안을 낼 수밖에 없는 심정이 오죽하겠습네까."

라며 갑자기 북한학자가 눈물을 훔쳐냈다고 한다.

"하려면 제대로 해야지요. 필요한 건 장터가 아니라 시스템의 변화란 말입니다."

짬을 주지 않고 남한 학자가 밀어붙이자, 그는 노려보며

"누가 그걸 모릅네까."

벌컥 화를 내며 자리를 박차고 나가버렸다.

다음날 '떨어지는 목련꽃잎 사이로 북한 대표단의 버스가 떠났고, 나는 빌었다. 그의 안녕과 힘찬 성장을, 그리고 그와 같은 학자가 부디 많아지기를…….' 남한 학자의 바람은 간절했다.

새봄이 오면, 북녘 학자의 눈물이 배어 목련꽃 송이가 벙글고, 유월의 햇살은 정대세의 순수한 눈물로 빛날 것만 같다.

2. 홀로 빛나는 별은 없다

꽃몸살

천리향이 흐드러지게 핀 줄도 몰랐다. 호되게 몸살을 앓느라 꽃에 물 주는 것을 까맣게 잊은 것이다. 출근하는 남편 식사도 못 챙겼으니 화초는 말할 나위도 없었다. 어둑한 침실에 누웠으니 몸이 천근만근으로 가라앉는 것 같아, 거실에 나와 신문을 뒤적이자니 강아지가 문틈에 코를 박고 킁킁거린다. 미물조차도 봄기운에 마음이 동하는가 싶어 베란다 문을 열어 주려니 천리향 향이 어지럽게 밀려오는 것이 아닌가. 그래, 네가 나보다 낫구나. 향기에 취해 꽃 마중을 하고 있으니…….

강아지는 쾌청한 날엔 시린 하늘에 제 영혼을 비춰보는지 하염없이 허공을 바라보고 있다. 그럴 때의 모습은 거의 탈속의 경지이다. 아무 생각 없이 낮잠에 빠져들다 내 게으름이 무안해져 얼른 책을 집어들 때가 있다.

베란다에는 사시사철 꽃이 피고 진다. 꽃기린과 베고니아, 사랑초는 일 년 내내 피고, 2월에 천리향이 제일 먼저 별꽃을 피우고 나면 홑동백도 연달아 피어나 붉디붉은 생목숨을 뚝뚝 떨어뜨린다. 고혹적인 자주 입술 개발선인장, 음전한 마님 군자란, 날라리 여고생 자스민, 눈이 시린 석곡이 연이어 꽃을 피운다. 5월에 들어 아마릴리스와 도도한 공작선인장이 베란다를 제압하고 나면 수국이 눈물 같은 꽃을 피워낸다.

나태주 시인은 수국을 '는개 자욱한 날 성장 차림으로 집을 나와 버린 젊은 아낙네'라고 읊었다. '우산을 씌워서 가려주고 싶다'고도 했다. '살갗에 돋은 소름의 얼룩', 수국의 이처럼 적확한 표현은 보지 못했다.

오래전, 거제 청마 생가에 들렀다가 오도카니 비에 젖는 수국을 보았다. 사그라지고 있는 푸르디푸른 목숨에 가슴이 에이는 것 같있다. 파랗게 질린 꽃무리가 온종일 발치에 밟히더니 기어이 내 집까지 먼 길을 따라왔다. 이듬해 봄, 결국 그 애잔한 눈빛을 잊을 수 없어 오일장에서 수국 두 그루를 샀다. 조 시인이 이사 가면서 주고 간 자배기에 구멍을 뚫어 정성껏 수국을 심었다. 햇살이 잘 드는 곳에 자리 잡아 주었건만 첫해는 녹두알만 한 꽃망울이 미처 크기도 전에 사그라지고 말았다. 물주기를 하루만 거르면 싱싱하던 잎사귀마저 고개를 푹 꺾고 다 죽어가는 시늉이다. 흙을 그리워하는 눈치가 역력했다. 하기야 땅에서 까마득한 15층 공간에서 제대로 꽃피우기란 불가능한 일일는지도 모른다. 나도 그랬지 않은가. 이사와 몇 년은 허방을 딛고 선 것 같아, 앉아도 누워도 안절부절 못했다. 축 처진 수국 이파리를 보면 내 속도 같이 타들어갔다. 다른 식물처럼 빨리 고향을 잊고 이 척박한 공간에 적응하기를 바라는 수밖에…….

원동역 근처로 매화 마중을 갔다 와서 몸살이 났다. 출발할 때는 제법 봄볕이 포근했었는데 그곳에 도착하자 진눈깨비가 휘날리는 것이 아닌가. 사월을 목전에 두었는데 웬 눈보라란 말인가. 산자락의 침엽수들은 이미 흰 눈에 덮여 한겨울을 방불케 했다. 산비탈에 비켜서서 온몸으로 눈보라를 맞고 있는 매화나무에 다가갔다. 흰 눈 속에서 더욱 요염한 홍매 몇 가지를 꺾었다. 이 궂은 날씨에도 의연하게 운전을 해 주는 문우에게 바치기 위해서. 홍매의 달금한 향을 맡으니 화담 서경덕의 사랑을 갈구했던 황진이가 떠오른다.

점심에 맛깔스러운 토속 음식을 들었건만 굽이굽이 고갯마루를 돌며 차가 눈발에 미끄러져 낭떠러지로 처박히는 상상을 했던지 그날 밤, 토사곽란이 일었다.

하얀 단지에 청매 몇 가지와 홍매 한 가지가 열흘이 넘도록 꽂혀 있다. 앙증스레 쪼그라든 잎조차도 매화의 고고한 기품을 잃지 않고 있어 버리지 못하고 그냥 보고 있다. 옷자락이 스치는 기운에도 마른 꽃잎이 하르르 하르르 날린다. 꿈결인 듯, 흐드러진 매화와 더불어 낙화도 오래도록 음미하고 있다.

청청한 소나무, 나의 숙부

근간에 사진작가 배병우의 소나무 사진이 국제경매에 나왔었다. 그 작품을 세계적 미술품 수집가인 영국 가수 엘튼 존이 이천팔백만 원에 구매했다고 한다. 경매 끝난 후에 가격은 더 올라서 칠천만 원을 호가한다는 얘기도 들린다. 그 기사를 보고 몹시 궁금해졌다. 그림도 아닌 사진 작품이 얼마나 가치가 있기에 그런 어마어마한 가격에 낙찰됐을까?

인터넷에 들어가 검색해보았다. 세로 130, 가로 260센티미터의 소나무 숲을 찍은 사진인데, 아래위를 쳐내고 둥치에 초점을 맞춘 작품이다. 푸르른 이내가 소나무 허리를 휘감고 있어 산신령이라도 걸어 나올 듯, 신비스런 분위기를 자아냈다.

작가는 소나무를 수십 년간 찍었다고 한다. 깨춤을 추는 세태에도 작가의 시선은 줄기차게 소나무만을 좇았다. 오랜 연륜으로 작가의 호흡이 피사체 소나무와 일치되었을 때, 이런 최고의 명품이 탄생하였을 것이라고 짐작해 본다. 우직한 한국남성 뚝심의 승리라고밖에 표현할 길이 없었다.

마치 몇백 년 묵은 거북의 등껍질처럼 툭 툭 붉거져 나온 소나무 등걸은 나이테 못지않게 나무의 속마음을 전해온다. 그 믿음직한 허리에서 뿜어져 나오는 청신한 기운은 기대선 사람의 몸으로 영혼으로 스며들어 섞이는 것이다. 나무에서 흘러나온 신령한 기운으로 속진의 허물이 다 씻겨질 것만 같다. 작가가 소나무이고, 소나무가 바로 작가인 것을. 두 몸의 완전한 합일로, 한 호흡이 되어 흐르는 것을 감지할 수 있었다.

'되도록 말을 삼가고 싶다.

이만큼 높은 산, 이만큼 깊은 강, 이만큼 큰 나무, 이만큼 순수한 혼魂을 가슴에 품고 살아온 그가 아름다울 뿐이다.'

이 글은 이천 년에 나온 『한동일 교수의 학문과 인생』이라는 책의 발간사에서 발췌한 것이다. 정년 기념 논문집 발간 위원회에서 발행한 책이지만 절반만 논문이고 후반 대부분은 교수 서른 명의 수필로 봉헌되어 있다.

나의 숙부 한동일 교수는 모교에서 전임강사로 시작해 사십 년 가까이 봉직하였다. 사범대 학장, 학생지도 연구소장, 교무처장, 기획처장 등 요직을 두루 거쳤으나 불행하게도 명예퇴임을 하지 못했다.

모교에서 줄곧 몸담고 있었기에 사학의 열악한 교육적 환경을 뼈저리게 느끼고 있었다. 한 동료 교수의 수필에서도 그때의 상황을 잘 알 수 있다.

'명문 사학들이 기부금 입학을 통해 돈 있는 학생과 머리 좋은 학생을 주축으로 하루가 다르게 바뀌어가고 있는 판에 모교는 학생들 등록금에만 의존하고 무능한 재단의 꽁무니에 붙어서 뒷걸음만 치고 있었다. 교수 대우는 날로 떨어지고 우수한 학생들은 장학금을 많이 주는 학교로 옮겨가고 학교 건물 시설은 타교가 솟는 만치 무너져 내리고 교육도 연구도 제 궤도를 달리기가 어려운 형편……'

애교심과 제자 사랑이 극진했던 숙부는 두 번째 교무처장직을 맡았을 때, 총장과 보직교수들을 설득해서 '기부금입학제'라는 특단을 내렸다. 학교를 살리기 위해 영수증까지 발행한 거룩한 교육혁명이었으나 시기상조였다. 비슷한 시기에 타 대학의 부정입학 사건과 맞물리면서 숙부는 일생 쌓아올린 공든

탑이 와르르 무너져 내렸다.

아들아이가 댓살 무렵이었는데 티브이를 보던 아이가

"어, 작은할아버지가 구속되었대. 구속이 뭐야?"

깜짝 놀라 친정에 연락해 보고 상황을 알 수 있었다. 그 학교 출신 검사, 변호사 제자들이 왜 책임을 홀로 지려 하느냐는 간청에도 숙부는 강경했다. 총장의 몫까지 대신 총대를 메고 육 개월을 복역했다. 엄동설한에 교도소 냉골에 들어앉아서도 평생 처음 한가한 시간을 갖게 되어 홀가분하다고 면회 오는 동료들을 되레 웃음으로 맞이하였다 한다.

후에, 작은어머니는 그때의 속 타는 심정을 토로했다.

"남의 죄까지 다 뒤집어쓴 위인이 당신 발등의 불은 끌 생각도 않고, 같은 방 식구들의 심문이 지나치다고 여러 차례 인권 변호사를 불렀단다. 나 같아도 원, 괘씸해서 쉽게 풀어주지 않겠다!"

내가 초등학교 다닐 무렵, 숙부는 박사과정을 밟았던 것 같다. 날이 어둡도록 진종일 뛰어놀다 들어와 보면, 삼촌은 궁둥이에 풀 붙인 것 마냥 그 자세 그대로 의자에 앉아 두꺼운 원서를 탐독하고 있었다. 핸섬하게 생긴 총각 삼촌이 책 속에 함몰된 모습이 아름다웠다. 그때부터 책은 평생을 가까이에 둘, 아름답고 가치 있는 것이라는 생각이 들었다. 어린 마음에도 공부하는 삼촌을 통해 지성에 대한 동경을 싹 틔운 것 같다. 대학에서 교육학을 전공하게 된 계기도 숙부의 영향이 크다.

숙부의 은사이신 고 허현 교수는 학부는 일본에서 하고 철학 박사학위는 미국에서 받으신 분이다. 영어에 얼마나 능통했는지 자국민이 모르는 토속어까지도 자유자재로 구사하신 분이라 한다. 자신이 아는 만큼 욕심도 많아서 제자들에게도 많은 과제를 주었고 스승의 뜻을 잘 따르던 숙부는 자연스레 수제자가 되었다. 교육학과 동기 교수는 회상하기를 대학원 수업을 할 때, 이미 숙부는 허현 교수의 원서 강독을 대강 할 정도의 실력을 갖췄다고 했다. 스승은 강직한 분이시라 논설위원으로 계신 신문에 군사정부의 비판 글도 거침없이 올렸던 모양이다. 그분은 발표했던 그 많은 논문과 글을 엮지 못하고 타계하셨다. 고인은 원하지 않았으나 수백 군데의 자료를 찾아내어 숙부가 유고집을 출간했다. 『인간의 제4혁명』, 이 유고집을 편찬하느라 숙부는 안기부에 여러 번 불려가는 어려움도 감수했다고 한다.

아들아이가 대학에 입학한 며칠 후,
"엄마, 작은할아버지 함자가 개교 육백 주년 기념관 머릿돌에 새겨있어요."

하고 알려왔다. 얘기를 듣자 핏속으로 통증이 번졌다. 숙부가 이뤄놓은 반석 위에서 아들아이는 법조계로 나가기 위한 공부를 열심히 하고 있다. 스승이 닦아놓은 첨단의 환경에서 앞날을 이끌어 갈 후세가 열심히 힘을 키우고 있는 것이다.

'한 교수는 실정법을 어겼을는지도 모른다. 그러나 그는 그보다 더 큰 법을 수호한 사람이다.' 오랫동안 〈정년퇴임 집〉을 손에서 놓을 수 없었다.

믿음직한 소나무, 그 꼿꼿한 위용에서 청신한 솔 향이 훅 끼쳐오는 것만 같다. 숙부님 오래오래 건강하셔요!

2. 홀로 빛나는 별은 없다

영원한 감자바우 소년
— 최명학 시인을 추모하며

내가 그를 처음 만난 건, 89년 봄이었던 것으로 기억된다.

『경남문화』의 원고청탁을 받고 「석곡」이란 짧은 수필 한 편을 들고 갔을 때 이창호 화백, 이향안 시인과 같이 좁아빠진 출판사 한 귀퉁이에 웅숭그리고 앉아 담배를 피워대고 있었다.

나는 그때 아직 등단하지 않았으나 조선일보 「공중전화」와 경남신문 여성칼럼난에 쓴 글을 보고 아마도 연락을 해왔었지 싶다.

그 이후 등단을 하고 간혹 그를 볼 기회가 있었다. 언제나 대여섯 살 먹은 딸내미 '샘'이 손을 잡고 나타났다. 그의 형편을 잘 알고 있는 원로 선배들은 '샘'의 손에 천 원짜리를 쥐어 주는 걸 먼발치서 곁눈으로 보곤 하였다. 그는 어쩌다 여성들과 눈이 마주치면 황급히 눈길을 피하며 상대편이 안부를 물어 와도 딴청을 부리며 부끄러워했다.

90년에 시집 『마른나무 꽃피우기』를 출간해서 부쳐왔다. 나는 비로소 그가 나와 동갑이며 고향이 강원도 홍천이라는 걸 알았다. 그는 이미 80년에 『월간문학』을 통해 등단한 대선배였다. 시집을 받고 나서 그를 만나게 되어 나도 '강원도 감자바우'라고 하자 처음으로 얼굴을 마주 보며 퍽이나 반가워하였다. 그 이후로 그의 모습과 활동이 각별하게 여겨졌다.

꾀 없고 주변머리 없는 강원도 사람을 일컬어 좋게는 '부처'라고도 하지만 흔히 '감자바우'라 한다. 강원도는 험준한 산맥이 많으니 벼농사 지을 논이 태부족이다. 산비탈을 개간해서 감자를 많이 심어 양식 대용으로 한다. 그래서 연유된 별명이지 싶다.

기억에 남는 그의 모습 중, 술을 마시지 않은 맨얼굴은 거의 없다. 문학행사에서는 물론이고 그가 근무하던 시청 부근에서도 얼큰하게 취한 모습을 종종 볼 수 있었다. 언젠가, 신호에 걸려 나는 차 안에 앉아 있고, 바로 앞 건널목을 건너는 그를 가까이서 본 적이 있다. 한잔 걸치고 땅을 뚫어지게 내려다보며 걷고 있는 그의 뒷모습이 유난히 쓸쓸하고 초라해 보였다. 내 눈에는 그가 법 없이도 살 호인으로 여겨졌다. 자신의 몫을 야무지게 챙기지 못하고 남에게 아쉬운 소리를 못하는 그는 어수룩한 소년으로만 비쳤다.

그가 창원시보 편집을 할 때, 원고 청탁을 해왔다. 난 그 무렵, 글을 잘 쓸 수 없어 시큰둥한 마음으로 다음에 쓰겠다고 하자, 정신이 번쩍 들 소리를 하는 것이 아닌가.

"글은 찾아 나서야지, 찾아올 때를 기다리다간 볼 장 다 본 거요!"

수더분하기만 하던 그의 입으로 촌철살인과 같은 소리를 듣고, 나는 적잖이 충격을 받았었다. 그리고 그가 고마웠다. 아직 그런 얼음처럼 써늘한 말로, 나를 일깨워준 사람은 없었으니까.

고인은 시집 『마른나무 꽃피우기』 서문에서

'우리가 행복했다면 시가 무슨 쓸모 있을까? 늘 아쉽고 아프고 외로워서 봇물 터지듯 흘러나온 게 나의 시다' 고 고백한 바 있다.

그렇다! 그는 늘 외롭고 고통스러웠던 것이다. 바람과 흙과 내린천에 익숙한 그에게 현실은 그리 호락호락하지 않았다. 고단한 삶은 좀처럼 나아지지 않았다. 그의 여린 가슴에 기득권자들은 쾅쾅 대못 질을 했을 것이다. 술의 힘을 빌지 않고는 견디기 힘들었을 것이라고 짐작해 본다. 나는 때론, 그의 취한 눈망울에서 절망을 읽고 가슴이 아렸었다.

억울한 세상에 대고 종 주먹 지르듯, 그는 속살에서 피어나는 여리고 여린 꽃들을 시어詩語로만 풀어냈던 것이다.

천상병 시인이 이 세상에 소풍 왔다 저세상으로 되돌아갔듯, 지금쯤 최명학 시인도 천 시인과 같은 동네에서 얼큰하게 취해, 소처럼 선한 눈망울에 웃음을 가득 품고 있을 것이다.

2. 홀로 빛나는 별은 없다

홀로 빛나는 별은 없다

〈라디오 스타〉는 제목과는 달리 스타에게 초점을 맞춘 영화가 아니다.

이 시대를 고단하게 살아내는 한 가장(안성기 분)의 눈물겨운 이야기인 것이다.

영화를 보면서 이처럼 주인공에 빠져 픽션과 사실을 구분하지 못한 것도 처음 있는 일인 것 같다. 인간적 공감대가 깊게 우러나서 울다 웃다 콧물 눈물을 훌쩍거렸다.

주인공 매니저 역할의 배우 안성기는 마치 자신의 얘기를 풀어내듯이 완벽한 연기를 해냈다. 이전에 그가 맡았던 어떤 역할보다도 자신을 송두리째 태워 박민수 역으로 거듭났기에 가능한 일이었다. 아역 배우로 시작해서 50년 넘게 연기한 안성기는 과연 한국 최고의 배우답게 단연 빛났다. 그가 이토록 오래 장수 할 수 있었던 것은 자연인 안성기의 인생과도 무관하지 않다.

영화의 줄거리는 가요대상까지 수상했던 가수의 몰락 과정을 풍자적으로 다뤘으나 실상은 평범한 우리네 삶과도 흡사한 얘기다. 소시민일지라도 풋풋하고 혈기왕성한 이십 대와 성숙의 과정을 밟는 삼사십 대를 거쳐, 오십 줄에 접어들면 이제 내려올 일만 남는 것이다.

가수왕에 올랐던 최곤(박중훈 분)은 수족처럼 곁에서 돌봐주던 매니저가 떠나자 자책감에 울부짖는다.

"홀로 빛나는 별은 없어!"

은하계의 네 배에 가까운 안드로메다 성운조차도 발광체인 태양 없이는 홀로 빛날 수 없다.

우리는 은혜를 까마득하게 잊고 살고 있다. 손발이 닳도록 먹이고 입혀 키워주신 부모님, 무지를 깨우쳐주신 스승님, 가족을 위해 밸, 쓸개 다 빼놓고 상, 하 눈치 보느라 기죽은 남편, 밥 한술 국 한 그릇에도 오매불망 가족 건강을 기원하는 아내의 손길 등, 공기처럼 가까이 있어서 오히려 당연지사로 여겨지는 그 거룩한 희생들을 잊고 살아가고 있다.

승승장구할 것만 같던 가수왕 최곤은 음주 폭력에 대마초까지 하루아침에 인기가 수직낙하 한다.

어느 조직이나 중앙중심체제인데 방송국도 예외는 아닐성싶다. 왕년에 탄광으로 흥청거리던 영월은 돈을 쫓던 사람들도 철새처럼 빠져나가고 한가로운 풍경이 펼쳐진다. 굽이굽이 펼쳐지는 동강의 풍광은 환상적이나 사람과 돈이 빠져나간 시장의 거리는 한가롭다 못해 권태롭기 그지없다.

매니저 박민수는 사고뭉치 최곤의 뒷바라지를 하다 거덜이 나자, 중계소에 불과한 영월방송국 라디오 음악진행자로 가도록 최곤을 구슬려 내려간다. 십 년 넘게 자체 방송이라고는 내보내지 않았던 영월지국장과 엔지니어는 시큰둥한 태도로 이들을 맞이한다.

왕년의 스타도 지국장도 방송사고로 좌천된 피디도 부정적 시각으로 시큰둥한데 유독 박 매니저 만 눈을 반짝이며 이들을 독려한다. 천재는 여건이 열악할수록 빛이 난다고 했던가. 최곤의 발광체는 역시 박민수 매니저였다.

서툰 진행으로 첫 방송이 엉망진창이 되었는데도 대박이 터진 것이다. 외부와의 교류가 두절 된 투박한 오지였기에 가능한 일이었다. 짜장면 철가방, 다방종업원, 세탁소, 철공소 등 인기하고는 무관한 일에 종사하는 소시민들이기에 소통의 연결고리로 바로 방송 디제이 최곤을 택했다. 그리고 한몫을 톡톡히 해낸 젊은 그룹, 록 밴드 〈동강〉. 이 청춘들은 잦아드는 영월의 젊은 피를 수혈하는데 크나큰 공헌을 했던 것이다. 이들의 순수한 열정에 힘입어 최곤도 묻혔던 보석이 가공되듯, 잠재됐던 선한 마음을 움직여 빛을 발하기 시작한다.

콤비 영화가 많고도 많으나 이 영화만큼 찰떡궁합은 드물지 싶다. 한 인간 안성기와 박중훈이 만나서 잘 익은 포도주처럼 어우러진 영화 〈라디오 스타〉는 인간성의 승리처럼 보인다.

두 배우여 영원하시라!

최초의 로맨티시스트, 윤재천 선생님

— 윤재천 교수 산수傘壽 기념 문집

내게 있어 1973년 봄은 환희로 열렸었다. 그전 일 년이 암울한 재수생 시절이었기에 그해 봄은 내 인생에서 각별히 찬란한 빛으로 다가왔으리.

철교 위에 얹힌 정문을 건너가면 대광장이 나왔다. 그곳에서 정면의 가파른 계단을 오르면 대강당으로 통하고, 음대 건물 중강당 곁의 미소길과 미대로 통하는 세 군데의 통로는 앳된 신입생에겐 꿈의 통로였으리. 길가의 벚꽃과 개나리 울타리는 꿈에 부푼 아가씨들의 마음만큼이나 화사했다.

일이 학년 때는 전공과목 외에도 교양 국어, 제이 외국어(불어,독어), 윤리, 철학개론, 기독교문학 등의 교양 필수 과목들을 수강했다. 오로지 대학 입학을 위해 딱딱한 수험공부에만 치중했던 나는 훌륭한 교수님들의 해박한 교양과목 강의에 흠뻑 빠져들었다.

인문대학 강의실인 C관 앞 언덕배기에 넓은 잔디밭이 펼쳐져 있다. 점심을 먹은 새내기들은 삼삼오오 짝지어 참새들처럼 지지배배 거리며 그곳에서 해바라기를 하고는 했다. 친구 중 누가 새 립스틱을 사면 돌아가며 똑같이 칠하고 깔깔거리며 강의실로 향했다.

C404 계단식 강의실이었던가, 사백 명가량 들어가는 강의실에 사범대학 신입생 전체가 수강하는 교양국어 시간이었다. 삼십 대 후반쯤으로 보이는 스마트한 분이 텍스트를 한 권 들고 강의실에 들어와 교단 앞에 섰다. 피부가 유난히 희어서 그런지 교단 근처가 환해지는 느낌을 받았다. 들뜬 새내기들은 예의도 없이 여기저기서 속닥거리며 하던 수다를 계속했다. 그럼에도 선생님은 언성을 높이지 않았다. 그 톤 그대로 자분자분 하시는 말씀은 마치 운율 따라 이 꽃 저 꽃으로 사뿐사뿐 옮겨 앉는 나비의 날개짓처럼 들려왔다.

나에겐 커다란 축복이었다. 비로소 언어의 진수를 맛볼 기회가 주어졌던 것이다. 중고등학교 육 년, 더군다나 재수생 시절엔 우리 언어의 아름다움은 제쳐놓고 주입식 입시교육만을 받아오지 않았던가.

2. 홀로 빛나는 별은 없다

가뜩이나 몽롱한 세계를 헤매곤 하던 나는, 윤재천 선생님의 감미로운 문학성 속으로 무한정 빨려들어 갔다.

특히, 선생님의 목소리는 솜사탕처럼 부드럽고 사근사근하였다. 예술이라는 것은 이렇게 연하고 부드럽고 리드미컬하고 아름답다는 것을, 그 바탕의 진수를 깨닫는 시기였다.

『다리가 예쁜 여인』 선생님의 수필집 제목을 듣고 확연하게 느낄 수 있었다. 보통, 여인의 아름다움을 말할 때, 얼굴을 일컫는다. 눈이 호수처럼 맑다든지, 코가 마늘쪽처럼 예쁘다든지, 혹은 쪽 고른 치아가 백설 같다든지, 그런데 고작 다리가 예쁘다니……. 난 그때, 이미 알아차렸던 것 같다. 작가가 되기에 앞서 사람이 먼저 되어야 한다는 것을.

선생님의 내면은 말할 것도 없고, 모습도 참 고왔다. 베레모는 그 시절부터 애용하셨다. 동양인에게는 참 어울리기 쉽지 않은 모자이나 조병화 선생님과 윤 선생님께는 썩 잘 어울렸던 것 같다. 우리는 수업에 집중하기보다 선생님의 옷차림이나 음성, 손동작 하나하나에 매료되어 다음 수업이 기다려지곤 하였다.

사십여 년 전의 일을 회상하자니 선생님의 파스텔 톤 의상은 기억나면서 중간고사에 어떤 문제가 출제되었던지 감감하기만 하다. 그래도 학점만은 후하게 주셨기에 성적장학금을 받았으리라.

이십 년이 훌쩍 흐른 어느 날, 이곳 마산에서 노산 문학상 시상식이 있었다. 수필 부문에 선생님이 수상하시게 되어 내려오셨다. 그때, '제가 이대 73학번 제자이고 선생님 덕분에 수필가의 길을 걷게 되었다'고 말씀드리자, 크게 기뻐하시며 환하게 웃으시던 모습을 또 이십 년이 지난 지금껏 기억하고 있다.

졸업하고 이십 년 만에 선생님의 모습을 뵙고 내심 놀라고도 서글펐다. 멋쟁이 선생님의 머리에 내려앉은 서릿발이 세월의 무심함을 깨우치게 했기에…….

그리고 한 십 년쯤 흐른 뒤, 한국문인협회 주최 러시아 문학 세미나에 선생님과 동행하게 되었다. 보름 동안 러시아 곳곳을 여행하면서 은사님과 대화도 많이 하고 학창시절을 떠올리며 사제지간의 즐거운 회포를 풀며 '참으로 곱게 나이 드시는구나' 하며 속으로 감탄을 여러 번 하였다.

이십 대 초반에 조우하고 사십 대에 잠깐 뵙고, 오십 대 여행길에서 또 뵙고, 이제 환갑이 다 되어 선생님의 팔순 문집에 글을 청탁받고 보니, 세월의 무상함을 새삼 느끼게 된다.

선생님의 아름다운 문학 발자취를 따라 나의 글도 선생님의 발뒤꿈치에나마 이어갈 수 있기를 소망해본다. 내내 건강하셔

2. 홀로 빛나는 별은 없다

서 우리 후진들을 위해 등불이 되어주시기를 간절히 기도드리
며 졸필을 맺는다.

죽비, 후려치다

미수의 친정어머니는 여태 하루 세끼를 손수 마련하신다. 어머니 연륜에 어림없는 내게도 끼니 걱정은 일상을 짓누르는 무게로 다가오는데 말이다.

아들이 너른 집을 장만해 모시겠다면 완강히 거절하면서 하시는 말씀이 있다.

"나는 몸을 움직거리는 것이 좋다! 아직 걸어 다닐 만한데, 가만히 앉아 있으면 쓸데없는 공상만 생기지……."

어머니의 바지런한 몸놀림을 보노라면 새겨둔 글귀가 떠오른다.

'일은 세계와 나 사이에 뿌리를 내리게 한다.' 그래서 나날이 하는 일을 즐기며 살아야 한다는 얘기다. 바로 어머니의 인생관과도 일치하는 지론이다.

꽃 화분을 옮기려 들어내 놓으면 하얀 잔뿌리를 분 밖으로 길게 드리운 걸 볼 수 있다. 좁은 화분 안에서 운신할 수 없었던지, 나름의 돌파구를 향해 몸길이의 서너 배가 넘는 뿌리를 내리고 있다. 이런 작은 풀꽃조차도 생존을 위한 몸부림이 눈물겨운데, 현실에 굳건하게 뿌리 내리지 못하고 허방을 딛고 떠도는 나는 뜬구름과 다름없다. 감정의 부침이 심할 땐 스스로도 조절이 되지 않는다. 여성호르몬 부족의 자연스러운 현상인가, 하루를 떠넘기기 힘겨워서 전문의의 도움을 받아볼까 고려 중이었다.

시숙의 칠순 잔치를 마치고 귀가하던 중, 사고를 당했다. 집 가까이 와서 방심한 탓이었던가, 돌이켜 생각해도 사고 상황이 분명하지 않다. 그 길은 차량 일방통행이었기에 뒤에서 오토바이가 들이받으리라고는 꿈엔들 생각했으랴.

꽝음과 함께 몸이 휘청하고 공중부양을 한 것 같은데, 정신을 차리고 보니 엎어져 있었다. 엎드린 상태라면 무르팍이나 이마가 깨져야 할 텐데 뒤통수가 죽을 만치 쑤셨다. 저절로 손이 가서 만져보니, 주먹만 한 혹이 불거지고 끈끈한 진물도 흘렀다.

아, 살아났구나. 그 와중에도 가족 중 내가 당해 천만다행이라는 생각이 들었다. 단축키를 눌러 식구를 부르고 부축하는 대로 몸을 맡겨 도로변 화단에 눕혀졌다. 머리가 터질 듯, 심하게 통증이 와서 눈도 뜨지 못할 상황인데 철부지 녀석들은 돌아가며 나를 윽박질렀다. 작은 오토바이에 무려 셋씩이나 탔던 모양이다.

남편이 오고, 경찰이 오고, 119구구조대도 도착했다. 구조차에 올라 가까운 병원 응급실로 갔다.

씨티 촬영을 하고 엑스레이를 찍고 까진 상처를 치료할 동안 가해자의 보호자가 도착했다. 청소년 셋은 경찰이 인도해 가고 운전자 아버지가 대신 왔단다. 얼굴이 하얗게 질린 아비는 찌들은 소시민의 얼굴이다. 연신 선처를 바란다며 애걸복걸이다. 아버지가 무슨 죄가 있겠는가. 사정을 들어보니 참 기가 막혔다. 작년에 이미 비행을 저질러 퇴학을 당하고, 보호관찰 중에 있는 열여덟 살 철딱서니 없는 아들이었다.

내가 만약 입원하게 되면, 아이가 가중처벌 돼, 수감이 불가피하다고 했다. 나도 자식을 키우는 어미인데 딱한 사정을 듣고 보니 맘이 저절로 누그러졌다. 큰 외상이 없고 뇌 촬영 결과도 괜찮기에 월요일에 전문의의 검진을 받고 결정하기로 했다.

그날 밤, 잠을 이룰 수 없었다. 눈을 감으면 굉음을 지르며 오토바이가 달려드는 악몽이 계속되었다. 다행히 정신을 놓거나 토하는 증세가 없어 뇌의 이상은 없는 것 같았다.

월요일에 병원 창구에서 만나 치료비를 지불할 때다. 토요일 응급처치료가 내 의료보험으로 정산되었다고 했다. 이럴 경우, 나중에 보험공단에서 내게 추징금을 물리게 된다고 한다. 암만 사정이 딱하다 해도 세 곱절 넘는 일반치료비를 물릴 수밖에 없었다.

기가 한풀 더 꺾인 아이 아버지는 쪼들리는 집안 사정을 털어놓았다. 자신은 공장 삼 교대 생산직 근로자인데 아이 엄마는 뇌종양이고, 지금 사는 지하 월세방을 세가 올라 조만간 옮겨야 할 형편이란다.

불행은 줄지어 찾아온다고 했던가, 울음이 터질 것 같은 보호자의 얼굴을 대하기가 너무도 힘들었다. 훔친 오토바이로 면허도 없는 녀석이 술까지 마시고 뒤에서 들이받은 것은 참작의 여지가 없는 범죄행위이다. 그러나 한편으로는 우연 만일 수 없는 내 업보의 사고일 수도 있겠다는 생각이 희미하게 드는 것이었다.

치료를 받는 삼 주 동안 내내 맘이 편치 않았다. 다행스럽게도 체질을 미리 밝혀놓은 한의원에서 의사 처방을 착실히 따른 덕에 이십여 일 만에 몸이 완쾌되었다.

치료를 마치고 합의서를 써주는 날, 병석에 있는 엄마까지 병원으로 찾아왔다. 아들 녀석이 누구를 닮아 말썽꾸러기인지 의아스러울 정도로 얌전한 얼굴에 심성이 착해 보였다. 그간의 치료비에다 위로금조로 몇십만 원을 더 넣었다며 봉투를 건네줬다. 나는 펄쩍 뛰면서 치료비를 제한 나머지 금액을 봉투째, 부인의 주머니에 쑤셔 넣었다. 몇 번 거절하더니 눈물을 글썽이면서 고맙다고 머리를 조아린다. 나도 모르게 아이 엄마를 끌어안고 등을 토닥이며 부디 종양이 완치되기를 빌었다.

후에, 아이 아버지가 보내온 문자 행간에서도 고마워하는 마음이 절절히 묻어났다.

"○○ 아버님, 그동안 맘고생 많으셨습니다! 크는 아이들은 대기만성입니다. 바른길로 가기를 기도할게요!"

문자를 보내는 내 마음도 기도로 긴절했다.

그 아이 때문에 정신이 번쩍 들었으니 전화위복이란 바로 이를 두고 하는 말이 아니런가. 이 화창한 봄날을 이렇게 살아서 즐길 수 있음에 저절로 감사의 마음이 드는 것이다.

바람의 넋

우스운 얘기이나 최초의 소설 쓰기는 아마 중학 삼 학년이 아닌가 어렴풋이 기억하고 있다. 90년 문단에 나올 때까지 실은 소설 습작을 했었다. 그해 신춘문예에는 소설을 투고하고 문학지에는 수필을 냈는데 소 뒷걸음치다 쥐 잡은 격으로 수필이 덜컥 뽑히는 바람에 가는 길이 뒤바뀌게 된 것이다. 프로스트도 가지 않은 길에 대한 아쉬움을 시에다 풀어놓았듯이 나 역시 가지 못한 길에 대한 미련이 마흔 넘도록 넘실거렸다. 역량이 부족해서 소설가의 길을 걷지는 못하였으나 실은 수필을 쓸 때마다 후회로 가슴치는 것은 진솔한 수필을 써내기에는 나의 됨됨이가 어림없다는 것을 알기 때문이다.

글을 잘 쓰는 데는 왕도가 없다. 그저 좋은 글을 많이 읽고 깊은 통찰을 통해 사유의 힘을 기르고 부단히 습작하는 수밖에. 아리스토텔레스도 예술은 모방에서 시작한다고 하지 않았던가. 문장력을 기르기 위해 전범이 될 소설집을 많이 읽었다. 이청준, 최인훈, 김원일, 이문열, 박완서, 서정인, 이동하 등등의 소설집을 읽고 좋은 문장을 가려 따로 베껴도 보고 아름다운 낱말들은 노트에 빼곡하게 써서 나만의 글 자산을 늘려갔다.

그러다 오정희의 작품을 대하게 되었다. 「유년의 뜰」「중국인 거리」「어둠의 집」「불의 강」「완구점 여인」「목연초」와 15회 동인문학상 「동경」 3회 이상문학상 「저녁의 게임」 등을 읽어내면서 쿵 소리를 내며 심장이 내려앉는 것만 같았다. 험난한 시대를 헤치고 나온 피폐한 인간들의 영혼이, 그의 작품 속에서 하얗게 바래지고 있었다. 투명하고 예리한 의식의 흐름이 살갗의 통점을 얼얼하게 만들어 버렸다. 시적 이미지를 동원한 은밀한 문체는 꿈틀거리며 골수 깊숙이 파고들었다. '그는 존재 혹은 세계를 이미지로 표상하거나 형상화할 따름이지 거기에 어떤 설명이나 해석을 덧붙이기를 거부하기 때문에 존재의 진상에 대한 작가적 비전을 밝히는 것은 쉬운 일이 아니다.'라고 평론가 김병익은 말한다.

「바람의 넋」은 제목부터 내 넋을 앗아갔다.

시시때때로 우리는 군중 속에서도 한기를 느끼고 시나브로 모래밭에 발이 빠져들듯, 존재의 무게가 아득해질 때가 있다. 오정희는 인간의 가장 근원적인 존재상存在相에 대한 통찰과 거기서 비롯된 절망을 작품 속에 풀어놓는다. 자아와 세계 간의 단절을 '시제의 혼란을 통해 시간의 분절성을 부인하고 있는 것 같다.'고 김병익은 말한다.

주인공 '은수'를 통해 입양된 어린 계집아이의 불안감, 공허함을 끈질기게 추적한다. 무자비한 전쟁터에서 군홧발에 짓밟힌 여린 목숨이 어떻게 연명하고 있는가를 가슴이 섬뜩하도록 풀어놓고 있다.

'남에게는 한없이 넉넉하지만, 자신에게는 깐깐한 고행을 자처한다.' 고 오정희 남편의 친구인 윤후명은 가까이 지켜보고 말한다.

오정희는 이상문학상 수상 소감에서 '작가의 역할이란 안테나와 같다. 존재의 근원으로부터 어떠한 미세한 위기와 불안의 기미도 포착하여 수신하고 송신하며 시대를 건너 교신해야 한다.'고 했다. 삶에서나 문학에서 간절하고 한결같은 그의 태도를 본받고 싶다.

'은수'는 어린 아들의 손을 꼭 잡고 바람이 무어냐는 질문에 대답한다.

"바람은 그리워하는 마음들이 서로 부르며 손짓하는 것이

란다. 오라, 나의 어린 넋이여, 바람 되어 떠도는 넋이여 하염
없는 그리움 잠재우고 이제는 돌아오라."

소설의 마지막 문장에 가슴이 얼얼하다.

2. 홀로 빛나는 별은 없다

101

엄마의 커닝

　우리나라의 출생률은 세계에서 제일 저조하지만, 노령인구의 증가 비율은 최고라고 한다. 이런 인구의 고령화 현상을 '재앙'이라고까지 표현하는 뉴스를 들었다. 이대로 방치하면 노인건강복지시설의 태부족으로 향후 십 년 안에 극도의 사회적 혼란을 겪게 될 것이라는 예단이었다. 이런 심각한 사태가 나에게도 현실로 다가오고 있다.

　칠십 년을 해로한 친정아버지가 가기 싫다는 엄마를 구슬려 노인병원에 모시고 갔다.

　식사, 대소변량, 취침 시간 등을 묻는 문진표에 엄마가 연달아 오답을 적자, 곁에서 지켜보던 아버지는 몹시 안타까웠다. 그래서 넌지시 귀띔을 하다가 '할아버지, 커닝시킬 걸 시켜야죠!' 하는 간호사의 매몰찬 핀잔을 들었다.

엄마가 드실 치매 방지약을 꼬박꼬박 챙기며 친정아버지가 들려주신 사연이다. 어떻게 빵점을 맞을 수 있느냐는 아버지의 말씀에 배를 틀어쥐고 웃다가 콧잔등이 시큰해졌다.

오대 종가의 번잡스러운 일을 일사천리로 처리하던 효심과 열정, 통찰력, 재기 넘치던 엄마의 화술은 다 어디로 사라져버렸단 말인가. 오랜 세월, 지난한 종부의 소임으로 말미암아 단단하던 몸은 쇠진해 이제 주저앉고 있는 것이다.

친정어머니는 꽃다운 열아홉에 종부로 시집와서 지금껏 큰 살림을 도맡아 하신다. 자신은 보통학교 문턱에도 가보지 못했으나 시누이 시동생 셋을 고등교육 시켜 출가시켰고 우리 육 남매를 죄다 대학 졸업시켰다. 아버지의 빠듯한 봉급으로 대식구를 건사하느라 쉼 없이 부업을 하셨다. 당신은 속옷조차도 기워 입는 검소한 생활을 하면서도 형편이 어려운 사람을 보면 지나치는 법 없이 주머니를 여신다.

아흔을 목전에 둔 연세에도 여태, 하루 세끼를 손수 차려 두 분이 밥상을 마주한다. 일 년에 열 번가량 모시는 제사도 여간 공을 들이는 게 아니다. 조상님은 정성으로 모셔야 한다며 집에서 불린 떡쌀로 방앗간에서 가래떡을 뽑아오고 녹두를 갈아 빈대떡도 손수 만드신다.

며느리, 딸들과 둘러앉아 갖은 전을 부치며, 니들은 좋은 시절을 산다고 한숨처럼 말씀하신다.

"종일 뙤약볕에서 김매고, 호롱불 밑에서 길쌈하며, 꾸벅꾸벅 쏟아지는 잠을 쫓을 땐, 잠 한번 실컷 자보는 것이 소원이 두만……."

만반의 채비를 해놓고도 차례상에 올릴 제수를 챙기느라 깊은 잠을 못 주무신다. 우리가 중요한 일을 앞두고 잠을 설치듯이 어머니도 그러신 게다. 어머니 인생의 가장 큰 소임은 부모님 공양과 조상님 제사였다. 긴긴 세월 온 정성으로 지켜온 부도婦道를 자식들은 말릴 재간이 없다.

천식 같은 오래 묵은 지병과도 친구하여 뽀얗게 삶은 걸레를 손에 들고 하루도 거르지 않고 주변을 닦고 또 닦으신다. 치매 예방약보다 몸을 부지런히 움직이는 것이 더 나을 것이라며, 바지런한 성품대로 육십 년 챙긴 살림살이를 여전히 손에서 놓지 못한다. 반들반들 윤이 나는 장판바닥을 보노라면 어머니의 내면도 저처럼 잘 닦여져 광채가 나는 것이 아닐까 하는 생각이 들 때가 있다.

이런 어머니를 두고 아버지는 은근히 노고를 위로하신다.

"너희들 어미는 자신을 잊고 가족을 먼저 섬기기에 여태껏 대식구 화합을 이끌 수 있었다."

설 차례를 끝내고도 만두소 남은 것을 마저 빚어 경로당 어려운 노인들에게 떡국 대접한다고 서두르신다. 아직은 여력이 있으신가보다 하고 한편으로는 마음이 놓이면서도 금방 물은 말씀을 되묻곤 하는 것이 걱정스럽기 짝이 없다.

걷는 것이 치매방지에도 효과가 있다고 아버지는 어머니를 모시고 매일 발바닥공원을 산책한다. 다니러 온 나도 봄꽃이 흐드러진 공원으로 두 분과 나란히 나섰다. 분홍벚꽃이 꽃비가 되어 흩날린다. 소년 소녀처럼 화사하게 부모님이 웃고 계신다. 더도 덜도 말고 이대로만 오래오래 계시기를 간절히 기도하는 마음이다. 이제 문진표에 영점을 맞더라도 오래 머물러 어리석은 자식들의 지주가 되어주셨으면 하는 마음 간절하다.

매듭을 풀며

곁에서 '잘라라' 하고 거드시는 친정엄마의 목소리가 명쾌하다.

나는 묶인 매듭을 풀어낼 때, 가위나 칼로 자르지 못하고 늘 맨손으로 풀어내려 실랑이를 벌였다. 선물을 쌌던 고운 리본은 재활용할 요량이라지만 서푼 어치도 되지 않은 비닐 끈이나 봉지의 매듭조차도 손끝으로 풀어내야 직성이 풀렸다. 그러나 후에 보면 그렇게 애써 모은 끈도 부지기수이고 넘쳐나는 것이 포장지인데 들인 공이 아까울 정도로 집착했던 것이다. 남들이 싹둑 가위로 잘라내는 것을 보노라면 '아하' 저런 방법도 있었구나 하다가도 다시 그 경우가 되면 무모한 습성이 고개를 쳐들곤 했다.

어디 이런 아집이 주방에서 끈을 풀어낼 때뿐이겠는가. 스

스로 생각해도 내 버릇은 까다로웠다. 소싯적, 십여 명 대식구
가 둥근 반에 모여앉아 밥을 먹을 때에도 수저를 코끝에 대 보
곤 비린내가 풍기면 새로 헹구어다 밥술을 뜨곤 했다.

다른 형제들과 달리 내가 유별나다는 것을 일찍이 간파하셨
는지 친정조부는 시집줄 때, 나는 맨몸으로 보내고, 언니는 혼
수를 많이 해 보내라고 하셨다. 고집 센 둘째와 순한 맏손녀의
다른 성품을 꿰뚫어 보셨던 것이다.

누구나 내 이름 석 자만 들어도 우리 집안의 남아선호사상
을 단박 알아차릴 수 있다.

조부는 유교사회인 조선시대에 태어나, 일제강점기와
6·25전쟁에 헌신적으로 종갓집을 지켜온 분이시다. 나는 동
족상잔의 그 피비린내 나는 전쟁 중에 태어났다. 많은 젊은이
들이 전쟁터에 끌려가서 목숨을 잃었고, 한 집안의 가장들은
상이군인이 되어 돌아왔다. 굶주린 피난민들이 깡 보리밥 한
술을 위해 주먹다짐을 벌이던 시절, 대 이을 손자도 아닌 손녀
딸이 태어난 것이 무에 그리 반가웠겠는가.

어릴 적부터 이런 어른들의 편애를 유독, 민감하게 받아들
이며 철이 들었다. 집안 최고 권위자인 할아버지가 추상같은
호령을 치실 때면, 짙은 눈썹이 부르르 떨렸다. 다른 형제들은
싸우다가도 할아버지 목소리만 듣고도 흠칫 놀라 화해를 했는

데 나는 사사건건 '부당하다' '억울하다' 속내로 짚어내며 반항했다.

불행한 시대, 열악한 환경에서 자라난 세대라고는 해도 특별히 자의식이 강하게 성장한 것은 나만의 태생일 수 있겠다. 이 나이 먹도록 남들과 어울려 무난하게 살아온 것도 같은데 자신만의 잣대를 들이대는 기벽이 때때로 고개를 쳐들 땐, 속수무책이다. 스스로 만들어놓은 어쭙잖은 틀 속에서 한 치도 벗어나지 못하기에 솔잎을 세다가 솔숲 전체를 놓치는 경우가 허다했다.

오래전, 딸아이로부터 '엄마 중심으로 생각하고 강요한다.'는 항변을 들은 적이 있다. 예기치 못한 어린아이의 신랄한 지적에 적잖이 놀랐었다. 불공평한 대우를 받고 자라나서 내 자식만큼은 민주적으로 키우자고 안간힘을 썼었다. 하지만 힘없는 아이 처지에서는 어미의 공정하지 못한 처사가 상처로 남았을지도 모를 일이다.

역지사지易地思之란 쉬울 것 같아도 실천하기가 여간 힘든 것이 아니다. 굳어진 자리에서 상대방의 눈높이를 맞춰 생각하기란, 말처럼 그리 호락호락한 일이 아니었다. 사회에서 인정받는 자리에 오를수록 또 그 위치가 공고할수록 지위와 체면을 내려놓고 남에게 맨가슴을 열어 보이기란 참으로 힘든 일인 것 같다.

어떤 어려운 상황에서도 빼어난 통찰력으로 사태를 유연하게 풀어가는 사람들이 있다. 그런 사람들의 너른 가슴이 참으로 부럽다. 반면, 문제의 핵심에는 접근해보지도 못하고 감상感傷에 빠져 허우적거리는 자신을 돌아보면 실로 답답하기 짝이 없다.

변화무쌍한 사회에서는 원만한 대인관계가 점점 더 어려워지는 것 같다. 상대방을 거슬리지 않으면서 자신의 중심을 지켜내기란 얼마나 곤혹스러운 일이던가.

여러 형제 틈바구니에서 인정받고자 안간힘을 썼던 기벽과 쉽지 않은 결혼생활 삼십여 년을 헤쳐 나온 열의는 어디로 다 사라져버린 걸까. 안정된 생활에도 손 하나 까딱하기 힘들 정도로 무기력해지는 자신을 느낄 땐, 두려움마저 엄습한다.

측석側席

새 검찰총장 후보자 인사청문회가 벌써 두 번째 열리고 있다.

전 후보자는 부족한 주택자금을 한 기업인에게 빌렸다가 대가성차용 논란으로 낙마했다. 이번 후보자 역시 취임을 장담할 수 없는 입장이 되었다. 두 자녀의 고교진학을 위해 위장전입을 네 번에 걸쳐 한 것이 밝혀졌기 때문이다.

후보자의 사과가 있었다. 그러나 흔히 저지를 수 있는 사소한 일이라지만 법을 위반한 사람이 범법자를 가려내는 검사의 수장에 오를 수 있을 것인가, 귀추가 주목된다. 아들아이가 장래에 헤쳐나갈 길이기에 강 건너 불구경하듯, 맘 편히 바라볼 수 없는 것이 부모의 마음이다.

관록을 받는 사람은 윤리관이 투철해야 한다. 물론 전문성이 중요하겠으나 철저한 공직철학을 갖추는 것도 못지않게 필요하다.

친정아버지는 금융기관에 첫발을 내디딘 후, 정년퇴임까지 삼십 년 넘게 한 직장에서 근무하셨다. 그동안 기획, 총무, 인사, 지점장까지 여러 부서를 두루 거치면서 제일 힘들어하실 때가 감사역을 맡았던 것으로 기억한다.

전국 각 지점을 다니면서 감찰을 했는데 허술했던 시절이라 촌지를 찔러 넣어주는 경우도 허다했다고 한다. '대쪽'이라고 정평이 나 있던 아버지는 갈아 신을 양말조차도 사양하실 정도로 깐깐하게 일처리를 했다. 일반 금융 업무는 물론이고 군납, 농자금까지 담당하는 그 기관에는 비리가 끼어들 소지도 많았던 모양이다. 해서, 만 오십 오세 정년을 채워 명예롭게 퇴직하는 이가 드물었다.

손뼉도 마주쳐야 소리가 나듯이 부정부패는 주는 사람과 받는 사람이 반드시 있기 때문에 일어나는 일이다. 전직 대통령이 목숨을 끊은 것도 자녀의 집 장만을 위해 받아선 안 될 돈을 가족이 받았기 때문이 아니던가.

"평소 방 하나에 기거하면서 자기 앉을 자리 말고는 다른 자리를 만들지 않고 '방이란 제 무릎 들일 만하면 족하다' 하였지요.

2. 홀로 빛나는 별은 없다

111

등 뒤에는 민 병풍 하나, 눈앞에 묵은 벼루 하나, 창 아래는 책 두어 질, 베개 맡엔 술 반병으로, 그 속에서 나날을 보내니 고요하고 한적하기가 규방과 같습디다."*

연암집에 나오는 얘기이다. 연암 박지원의 팔촌형 박명원은 열네 살에 국왕의 부마가 되어 세 차례나 사은사謝恩使로 중국에 다녀온 권력자였다고 한다. 연암이 그의 방 풍경을 묘사한 것이다.

권력을 휘두르는 자리에 올랐으니, 청탁을 위해 문턱이 닳도록 사람들이 찾아왔을 것이다. 이런 손님을 물리치기 위해 자신의 자리만 남기고 손님 맞을 좌석을 두지 않은 것을 '측석側席'이라고 했다. 물리치기 힘든 청탁을 원천봉쇄하는 옛사람의 지혜다.

나의 조부는 허세 부리는 것을 금기시 한 분이었다. 성실하게 땀 흘리지 않고 얻은 소득은 자신을 망가뜨리는 독약으로 치부하였다. 감나무 밑에서 감 떨어지기를 바라는 요행수에 기대지 말고, 그릇에 맞지 않은 자리나 분수에 넘치는 재물 등을 취하지 말라고 자손들에게도 훈계하셨다.

대학 다닐 무렵이었는데, 연세대에 재직하신 이가원 선생님 댁에 책 심부름을 다녀오라는 분부였다. 물어물어 성대 앞 골목길을 찾아들었을 때, 문패가 걸린 허름한 한옥 대문을 보고 매우 놀랐다. 당대 한학의 대가 집이 이렇게 초라할 수 있는가, 어리둥절했다.

방 안에 들어가서는 더한층 놀랐다. 무릎을 맞대고 앉아야만 할 좁은 방안엔, 출입문만 겨우 비켜 사방 천장까지 책이 쌓여있는데 아마도 수 천 권은 좋이 돼 보였다.

이십 대의 치기 만만하던 나는 그 댁을 방문하고 느낀바가 컸다. 옹색한 살림살이에도 불구하고 진정한 학자의 참모습에선 광채가 난다는 것을 깨달았다.

차지하고 있는 공간이 필요이상으로 넓으면 그걸 치장하느라 내면을 가꿀 시간은 오히려 줄어드는 것이 당연하다. 그분들은 이것을 경계하여 몸소 소박한 삶을 실천하셨던 것이다.

측석側席의 현대적 해석은 아마 후자가 더 합당하지 않은가 생각된다.

* 중앙일보 이훈범의 시시각각에서 차용

2. 홀로 빛나는 별은 없다

마중물

두어 달 동안 글 한 줄 못 쓰고, 가뭄에 쩍쩍 갈라 터지는 논바닥 마냥 가슴이 타들어 갔다. 갈피를 못 잡고 헤매던 중, 예기치 않게 돌파구를 찾게 되었다. 조문하러 상경했다가 연휴 인파 탓에 내려오는 차편을 못 구해 얻은 기회였다. 전화위복 轉禍爲福이란 이를 두고 이른 말이던가. 살다 보면 이런 행운도 더러 찾아오기는 하나 보다.

소설가 박완서 1주기 행사가 영인문학관에서 있었다. 마침 그날은 맏딸 호원숙이 〈엄마의 초상〉이란 주제로 어머니를 회상하는 자리였다.

사십여 년에 걸쳐 집필한 소설을 작가가 살았던 공간을 중심으로 시간의 흐름을 촘촘하게 더듬어 나간 강의 기획안이 참신했다.

작가는 1953년 중인 집안의 호씨 청년과 결혼을 했는데 전쟁 통이 아니면 어림없는 일이었다고 한다. 반상班常을 따지던 양반계급이 전쟁터에서 아들을 잃어 풀이 한풀 꺾였기에 가능한 일이었다. 그래서인지 시댁에서는 명성을 떨치던 중국음식점 아서원에서 성대하게 결혼을 치러주고 당시에는 흔치 않은 비디오 촬영도 했다. 그 필름을 정작 작가 생전에는 볼 수 없었고 타계한 후, 취재하러 온 방송사에서 재생시켜, 후손들이 부모의 결혼식 장면을 볼 수 있었다.

전시된 사진의 면면을 살펴보면 박완서 선생의 인상은 맑고 수더분하다. 부군의 인상도 못지않게 무던하다. 단편 「8개의 모자로 남은 당신」에서 작가가 묘사했듯이 남편은 참으로 인간적인 면모를 지녔던 분이지 싶다. 암으로 투병하실 때도 가족에게 걱정을 끼치지 않으려 밝고 명랑했기에 자신의 병을 모르고 있는 줄로 담당의사가 착각할 정도였다.

1931~1938년 경기도 개풍군 묵송리 박적골을 배경으로 태어난 소설 『미망』 『그 많던 싱아는 누가 다 먹었을까』 1944~1953년 돈암동 삼선동 시절의 『나목』 『그 남자의 집』이 있다.

삼선동이 소설 무대인 『그 남자네 집』 낭독이 있었다. 전에 소설을 읽으면서 살구 냄새 풋풋한 젊은 여성의 가슴을 콩닥

거리게 한 주인공이 실존적 인물이라 짐작했었다. 더군다나 그 동네에서 청소년기를 보낸 나에게는 남자주인공 집을 찾아 낼 수 있을 정도로 실감이 났었다. 사실에 근거한 소설이기에 박완서 선생의 순수한 연애감정도 엿볼 수 있다.

"그는 나를 구슬 같다고 했다…… 내 몸에 물이 오른다고 느 꼈다……."

1961~1981년 이십 년 넘게 산 보문동의 한옥에선 좋은 일이 많이 일어났다. 1963년에 바라고 바라던 막내아들이 태어났 고, 후에 맏딸 호원숙도 그 집에서 결혼을 시켰다. 방이 다섯 개나 되는 오십오 평의 너른 집에서 자식들의 교육에 열성을 올렸다.

JANOME(뱀의 눈)라는 당시의 고가 재봉틀로 시어머니를 비 롯해 가족의 옷을 손수 지어 입히시던 소중한 추억을 따님은 눈물을 글썽이며 회고했다. 카메라가 귀하던 시절, 독일제 콘 덱싸 카메라는 가족 촬영은 물론이고 동네 사람들까지 찍어준 귀물貴物이었던 모양이다. 흑백사진을 찍다 칼러시대에도 사진 이 잘 찍혀 가내의 역사를 증명하는 데 톡톡히 한몫을 했다.

너른 한옥이 배경이 된『살아 있는 날의 시작』발문에는 소 설가 박경리가 신인작가의 첫 인상을 술회한 부분이 있다.

"박완서는 안온한 주부로만 여겨 가냘픈 선으로만 기억에 남았으나 대면해 보니, 너무나 천연스러워서 나는 내심 당황했다……. 새털 같이 가벼운 몸매, 손매에서 나오는 자신감이라는 것을 나는 돌아오는 길에서 깨달았다.”

이미 문단에 우뚝 섰던 대선배 소설가의 참담한 고백에 등줄기로 소름이 돋았다. 선수는 선수를 알아본다고 박완서의 대성할 싹을 대가가 이미 점쳤다고 볼 수 있다. 어느 정도 그 기분을 이해할 것 같다. 나도 제일 부러운 사람이 글을 잘 쓰는 사람인데 좋은 작품을 만나면 잠도 오지 않을 정도로 질투의 화신이 되곤 한다.

1988~1998년 방이동의 아파트 시절은 참혹했다. 남편과 아들을 한해에 잃고 말았다. 절필을 하고 심연의 바닥에 떨어져 신을 원망하며 참담한 시간을 보냈다. 그러던 중『여성신문』 편집장인 고 고정희 시인이 원고 청탁을 하러 집에 찾아왔다. 그때, 자신은 물론이고 딸도 ‘너무 심하지 않니?’하고 야속해했는데 작가 박완서는 원고를 쓰기로 결단을 내렸다. 후에 되돌아보면 그 일을 계기로 다시 원기를 회복해, 타계하기 직전까지 소설을 쓴 것이 아닌가 하는 확신이 들었다.

호원숙은 회상한다.

“어머니는 자유로우셨다. 남의 자유도 간섭하지 않았다. 그리고 생활이 규칙적이지 않으셨다. 일의 귀천을 따지지도 않

2. 홀로 빛나는 별은 없다

117

았다.”

하층민의 삶을 생생하게 묘사할 수 있었던 것은 변두리 동네의 삶을 긍휼히 여겨 자신의 삶도 함께 녹아들었기에 가능하지 않았을까.

“어머니는 물건도 잘 버리셨어요!"

애용하던 재봉틀도 일찌감치 맏딸에게 물려주었다. 오래도록 간직할 것 같다며…….

그렇다! 비우고 버려야 그 자리에 새로운 기운이 차오를 수 있는 것이로구나. 그 대목에서 나의 지지부진이 목까지 차오른 욕심 때문인 양, 어리석은 착각에 빠져들었다.

1998~2011년 구리시 아치울에서는 자연과 더불어 생활을 즐기셨다. 호미질해 씨를 뿌리고, 풀 뽑고 채소 가꾸어 지인들을 초대해서 와인과 손수 만든 음식을 대접했다.

베스트셀러가 된『친절한 복희씨』는 일본판으로도 번역되었는데 번역 작가가 소설가 박완서의 첫인상을 ‘풀밭을 뛰노는 작은 동물처럼 가볍다. 그것은 자신감에서 연유하지 않았나 싶다.’고 했다.

아무려나 육신을 비워 새털같이 가벼워져야 지난한 삶도 가뿐하게 관통할 수 있지 않겠는가. 오늘을 마중물로 해서 바싹 마른 내 가슴에도 서정의 물기가 촉촉하게 차오르기를 간절히 기도한다.

  이런 깨달음의 시간을 준 친구 호원숙에게도 진심으로 감사를 보낸다. 그리고 고인이 되신 박완서 선생도 저 세상에서 자신의 유작과 유물을 정갈하게 갈무리하는 따님에게 흐뭇한 미소를 보내실 것 같다.

2. 홀로 빛나는 별은 없다

3. 누에의 방

참 스승

벌써 선생님이 그립다!

입가에만 맴도는 온화한 미소, 넉넉한 풍채, 따사로운 눈길, 어느 것 하나 사무치지 않은 것이 없다.

팔십 년대 말, 아직 등단하기 전이였는데 신 박사님한테서 연락이 왔다. 지금은 없어진 모 신문사에서 취재기자를 모집하니 면접에 응하라는 말씀이었다.

선생님이 알려주신 대로 담당자를 만나 면접을 치렀다.

"때론 장기 출장도 가야 하는데 가정에 지장이 없겠습니까?"

노골적으로 배제하려는 뜻을 전해왔다.

신 박사의 추천에도 불합격된 것이 선생님께 누를 끼친 것만 같아 송구스럽기 짝이 없었다. 그렇게 선생님과의 인연이 시작되었다.

1990년, 『경남문학』 제1회 신인상에 수필로 등단이 되었다.

그 날듯이 반가운 소식을 알려주신 분도 신상철 박사였다. 당시 경남 문인협회 회장으로 계시면서 심사위원장이었다. 당선소감과 사진을 가지고 경남대학 사범대 교수실로 찾아오라는 분부였다. 변변한 사진이 없어 학교 앞에서 즉석 사진을 찍어서 경남대학교 언덕배기로 줄달음쳤던 기억이 새삼스럽게 떠오른다.

신인상 시상식장에서 남편과 인사를 나눈 후로는 문인 모임에서 뵐 때마다 잊지 않고

"한 여사, 부군은 안녕하시오?"

하고 자신의 모교 후배 안부를 묻는 선생님이 든든했다.

딸 또래의 나이건만 선생님은 한 번도 하대하는 법이 없었다. 그리고 문인들을 챙기셨다. 『경남문학』이 나올 때마다, 운전도 못 하시는 분이 지부별로 손수 책을 배달하는 것은 이미 문단에서 소문난 일이었다.

그 열성 그 정성이 너무나도 지극해서 그분 슬하에 있는 제자 후배들은 저절로 삶의 이치를 깨우치게 되었다. 사람이란 이렇게 살아야 한다. 아니, 선비란 모름지기 이런 모습이어야 한다는 것을 솔선수범하신 어른이시다. 남녀노소를 막론하고

문단에서 그 어른을 섬기지 않은 사람은 없었으리. 만면에 잔잔한 미소를 짓는 점잖은 그 모습을, 이제는 더 이상 뵐 수 없다는 것이 가슴 아프다.

어느 해인가, 신 박사가 경남문학에 끼친 공로로 특별상을 수상했다. 시상식에 참석했던 문인들과 마산 자택까지 모셔드리는 차 안에서

"신 박사님, 상 타셨으니 한턱 내이소!"

농담 삼아 한 분이 말씀을 꺼냈었다.

다음날, 새벽 다섯 시를 갓 넘긴 시간에 전화벨이 울렸다. 가슴이 철렁해서 수화기를 드니 신 박사였다. 이른 시간에 웬일이시냐고 의아해했더니

"이른 시간이요? 난 네 시에 잠이 깨어 한 시간가량 기다렸다 전화한 건데……."

놀란 가슴을 쓸어내리니, 점심을 살 테니 지인들에게 연락하라는 당부였다. 아마도 밤새 깊은 잠을 못 이루고 뒤치락거리며 날이 밝기만을 기다리셨으리. 당신이 한 약조를 기어이 지켜내려는 그 결기가 얼마나 엄정嚴淨하던지…….

고인의 수필 중에 「소리 없는 나팔수」라는 작품이 있다. 동료 교수의 군 시절 일화를 소재로 한 글이다. 그이는 악기라고는 다룰 줄 모르는 문외한인데 갑자기 방문한 사령관 때문에

나팔을 불게 되었다. 악단장은 휴가 나간 단원의 머릿수를 맞추기 위해 그에게 소리 나지 않는 나팔을 불게 해, 위기를 모면했다고 한다.

'전쟁의 영웅은, 살아남아 훈장을 받고 특진을 하는 장군들에게서보다 오히려 용감히 싸우다 장렬하게 죽은 무명의 용사들에 더 많이 있을 수 있다. 마찬가지로 큰 악기를 분다 해서 좋은 악사가 아니요, 높고 큰 성음을 불어댄다고 훌륭한 음악일 수도 없다.

내가 악사가 될 수 있다면 내가 맡은 악기가 무엇이든 제소리를 제대로 내는 악사가 되거나, 아니면 차라리 하모니를 깨트리지 않은, 그 무성 나팔수 같은 사람이 되고 싶다'

아마 선생님의 한평생도 남기신 수필처럼, 있는 자리에서의 최선과 성실로 일관되지 않으셨을까.

고인의 영결식이 성당에서 있었다.

팔십 연대 초, 선생님은 경남문협의 묘목을 심은 이래 그 숲을 정성 들여 가꾸셨다. 그 너른 그늘에서 성장한 제자 후배들의 추모의 정으로 영결미사는 눈물바다를 이루었다. 근엄하면서도 인자한 선생님의 영정이 눈물로 얼룩져 희미하다.

선생님! 이것이 정말 마지막인가요, 봄날의 햇살같이 따사롭던 그 은혜를 이제는 정녕코 누리지 못하는 것인가요.

즐기시던 약주로 병이 나고 힘들게 투병하다 기어이 가시는 선생님을 생각하면 가슴이 저리다. 소주잔을 비우고 생수를 채워놓으면 마지못해 허허 웃으시던 그 쓸쓸한 모습이 오래도록 뇌리에서 사라지지 않을 것만 같다.

그분은 내게 혈육 같은 어른이었고, 문단의 신사였고 영원한 스승이시다.

선생님 이제, 육신의 고통을 털어내고 고이고이 영면하소서!

책 없는 출판기념회

바다를 보았다. 지척의 대마도. 검푸른 바다, 격랑의 바다, 공포의 바다, 비애의 바다, 그러나 감격의 바다를……

여류문학 첫 국외나들이였다. 제주도를 가더라도 경비가 꽤 많이 드니, 배를 타고 대한해협을 건너 대마도로 가자고 마음을 모았다.

여류문학이 1988년에 대동하였으니 어언 이십 년 세월, 한솥밥을 먹은 셈이다. 이제는 회원들의 눈빛만으로도 무슨 생각을 하는지 마음이 서로 흐른다. 사소한 화제를 놓고도 장단이 척척 들어맞아 이보다 더 좋을 친구가 없다.

금요일 오후에 부산 국제 여객선터미널에서 출발해서 다음 날 귀가할 계획이었다. 겨울비가 추적추적 내려 성가실 만도 한데 문우들은 소풍 나온 소녀들처럼 달떠있다.

오륙도를 뒤로하고 배가 부산항에서 점점 멀어져 가자 이상한 조짐이 일었다. 지축을 울리는 누 떼처럼 파도가 달려들었다. 허연 이빨을 드러내고 광폭하게 꿈틀거리는 파도는 마치 맹수처럼 느껴졌다. 부딪치는 힘이 엄청나 배 밑창이라도 뚫리지 않을까 공포에 휩싸이게 되었다. 과대망상에 사로잡혀 내가 지레 겁을 먹고 있는 것은 아닐까, 주위를 둘러보았다. 매주 대마도로 낚시하러 다닌다는 건장한 청년들도 얼굴이 노래져서 처음 겪는 날씨라고 걱정을 해댔다. 보통 때의 파고는 2미터 남짓인데 지금은 4.5미터라고 했다.

하늘과 땅이 뒤집힐 것만 같은 고통 속에서 위장 속의 것을 몽땅 토해낸 후, 드디어 대마도에 도착했다.

몇 분 전의 바닷길과 우리가 디딘 땅은 천지 차이였다. 무릉도원이 이런 모습일까, 사람의 발길이 닿지 않은 것처럼 섬은 신비감으로 가득했다. 거리도 집도 산도 단정하고 깔끔하고 산뜻했다. 추수 끝난 들판에 새까맣게 내려앉아 낟알을 주워 먹고, 전깃줄에 줄지어 앉아 있는 까마귀 떼의 풍경이 낯설면서도 경이롭다.

문우들은 끓는 가슴을 잠재울 수 없어, 저녁을 먹고 해변을 거닐었다. 먹구름을 뚫고 해는 막 바닷속으로 빠져들고 있었다. 검붉게 물들고 있는 장엄한 바다는 가슴에 스며들어 요동쳤다. 누구라 할 것 없이 선창에 따라, 폐부 깊숙이 목청을 뽑아 올려, 드넓은 대양에 흩뿌렸다. 우리는 청청한 그 기운으로 시를, 수필을 쓰며 문학의 자갈밭을 걷고 있는 것이 아닌가. 어둠이 내려 바다와 땅을 합칠 때까지 우리들은 열정을 뿜어댔다.

내일의 안전한 귀향을 바라며 파도가 잠자기를 기원했건만, 이튿날 아침엔 전날보다도 더 세찬 바람이 불어왔다. 조선국 역관 기념비와 이왕가 결혼봉축 기념비(덕혜옹주) 답사도 건성건성, 가슴에 와 닿지 않고 펄럭이는 바람 자락 따라 신경이 끌려다녔다.

일박 이 일의 아쉬운 여정이기에 더 머무르기를 은근히 바랐는지도 모를 일이다. 파고가 점점 높아져 6미터가 되었다고 했다. 일행은 각자의 집에다 파도 탓에 발길이 묶였노라고 내심 쾌재를 부르며 연락을 취했다. 볼만한 곳은 이미 다 둘러보았기에 특별히 할 일이 남아 있지 않았다. 이제부터 비로소 여유 작작 여행의 진수를 맛볼 수 있을 것이다.

문학회 고문 서인숙 여사가 제안했다. 덤으로 생긴 황금 같은 시간이니 내 수필집 『시간의 켜』 출판기념회를 하자는 의견이셨다. 부끄러운 책을 내고 괜히 여러 사람 번거롭게 만드는 것 같아 출판기념회를 열지 않았던 일이 아닌가.

당사자는 그냥 방에 있으라는 당부를 받고 상념에 젖어 한 시간가량이나 흘렀을까, 호텔 로비에 있는 회의실로 내려오라는 전갈이 왔다. 방문을 열고 들어서는 순간 감격으로 눈물이 왈칵 솟았다. 급조한 일이건만 A4용지 열댓 장을 이은 근사한 현수막과 출판기념회 목차가 질서정연하게 붙어있고 싸인 판까지 마련되어 있었다. 현수막의 굵은 글씨를 보기 좋게 메우느라 호텔 안에 있는 싸인 펜은 모두 동원되었다고 했다.

총무의 사회로 시작된 출판기념회의 백미는 이숙자 선생의 지휘로 부른 애국가 제창이었다. 키를 넘는 파도를 헤치고 디딘, 일본국 대마도에서 덕혜옹주의 울분을 삭이며 부르는 애국가는 우리 모두의 가슴을 울컥하게 하여 뜨거운 눈물을 주르르 흘리게 했다. 자신이 이렇게 모국을 사랑하는 줄, 예전엔 미처 몰랐다고 이구동성으로 울먹였다.

책이 없으니 작품 낭송은 김미숙 회원의 멋들어진 남도창 한가락으로 대치되었고 김명희 시인의 축시 순서였다.

"…… 일찍이 한후남 수필가는 여고를 이어 대학을 거치며 음주가무에 능하였고……."

이쯤에선 회원들이 배를 틀어쥐고 웃음바다가 되었다. 조금 전의 애국가 제창 때 눈물범벅된 엄숙함은 어디에서도 찾아볼 수 없었다. 거제에서 모처럼 참석한 원순연 선생의 축하 연주로 회원들은 웃느라 거의 실신 지경이 되었다. 반코트를 바이올린 대용으로 부둥켜안고 지고네르바이젠 곡을 입으로 연주하는 기지 때문이었다. 아마도 유례가 없는 역사적인 초연이지 싶다.

책을 엮으려 교정을 보면서도 내 마음에조차 들지 않는 글을 활자화시켜 가뜩이나 어려운 시대에 누가 되지나 않을까, 우려가 깊었었다. 이미 창작지원금을 받아 놓은 상태이니 포기할 수도 없는 일이었다.

그러나 이렇게 내 일처럼, 느껍게 축하해주는 문우가 있어 행복했다. 세상에서 제일 아름다운 출판기념회를 하게 된 나는 정말 복 많은 사람이다.

'저 발원의 사랑 하나로/ 흐르다 지쳐 머무는 대마도/ 하늘 어두워지고 바람 몰려와도/ 우리 함께 가야 할 문학의 항구……'

'세계로 뻗어 갈 절대적인 수필을 쓰기를……'

'닻 내리지 못합니다 / 대마도 서이말/ 파도이랑 너머너머'

'깊고 뜨겁고 광활한 품에서 길어 올리십시오……'

'썰물처럼 밀려간 『시간의 켜』 위에서도/ 우리는 그대를 사랑합니다.'

'마음의 발목을 붙잡는 저 바다처럼/ 때로는 포효하고 때로는

잔잔하게……'

　회원 한 사람 한 사람의 덕담을 새기며 앞으로 매진해야 할 책무가 양어깨에 무겁게 내려앉았다.

영혼의 파수, 박완서

하얀 눈송이가 꽃잎처럼 나풀거리던 날, 그분은 가셨다.

얼마 전부터 편찮다는 소식은 들었으나 갑작스러운 부고에 가슴이 먹먹했다. 담낭암이라고 했다. 비보를 접하고 창가에 붙어 서서 나부끼는 눈발을 하염없이 바라보았다. 의식 밑에 가까스로 눌려 있던 슬픔 덩어리가 비집고 올라왔다. 전날, 솜털같이 여린 생명을 놓쳐버린 상실감이 파도로 덮쳐왔다.

여고를 졸업할 때까지는 소설가 박완서 선생이 동문의 어머니라는 사실을 몰랐었다. 아마도 그 이후에 문단에 데뷔하신 탓이었으리.

딸 호원숙(수필가)은 추모 글 「어머니의 손」에서

'어릴 적 엄마의 손에는 항상 뜨개질 거리가 들려 있었다. 가을이 깊어가는 오후 어머니의 뜨개질하는 무릎 곁에 있는 것만으로도 우리는 얼마나 따뜻하고 행복하였던가……. 저녁을 준비하러 부엌으로 가기 전 오후, 뜨개질 거리를 들고 있거나 아니면 『현대문학』이나 『사상계』 같은 잡지를 보면서 비스듬히 누워 계신 젊은 엄마는 참 아름다웠다.'

고 회상하고 있다.

이처럼 소설가 박완서는 등단 이전에는 우리들의 어머니처럼 아내, 엄마의 자리를 중요시하며 알뜰히 살림을 꾸려 나간 분이었다. 게다가 일제 강점기와 해방, 6·25전쟁을 몸소 겪은 세대이기에 험난했던 시대상을 소설 속에 생생하게 재현해 낼 수 있었던 것이다.

나는 등단하기 전, 선생의 소설을 텍스트로 소설 공부를 한 적이 있다. 작가는 소설 속에다 인간의 허위와 속물근성을 신랄하게 풀어헤쳤다. 『나는 왜 작은 일에만 분개하는가』라는 수필에서는 사회에서 예사롭게 벌어지는 부조리한 일들을 섬뜩하도록 날카롭게 짚어내고 있다. 암으로 먼저 세상을 떠난 부군에 대한 절절한 사랑을 소설 『여덟 개의 모자로 남은 당신』에 풀어놓아 독자의 심금을 울렸다.

박완서 선생은 자식이라고 특별히 감싸고 두둔하는 일은 없

있다고 한다. 특히 배운 사람 가진 사람일수록 음지의 사람들에게 행동거지를 조심하라는 것을 몸소 실천하셨고 당부하셨다. 그래서 말년을 보내신 아치울 마을, 선생 댁에는 철 따라 와서 꽃구경도 하고 식사도 함께하는 문인, 후배, 예술인들이 많았다고 한다.

구십 년 대 초, 사진과 작품으로만 선생을 접하다가 진해에서 열리는 김달진 문학제에서 처음 뵙게 되었다. 먼 길 오신 피로가 역력한데도 맑은 미소가 어찌나 곱던지 나도 모르게 덥석 손을 잡고

"선생님, 저 원숙이 동창이에요."

하고 혈육을 대하듯 인사드렸다. 지난해에도 거의 다 오셨다가 멀미가 너무 심해서 부산 딸집으로 가셨다는 얘기에 속으로 무척 놀랐던 기억이 있다. 심한 멀미에도 천 리 길도 마다치 않고 달려오신 열정에 가슴이 뭉클했다. 김달진 선생괴 생전에 특별한 인연이셨던가, 막연한 짐작을 했었다.

선생은 문단에서도 학연, 지연을 가리지 않았다고 한다. 흐르는 물처럼 그저 이심전심으로 사람들을 만나 담소하고 뒷날을 기약했다. 작품 보는 눈은 깐깐했으나 성품은 까다롭지 않아 좀 부족한 작가들도 넉넉히 품속에 품었다고 젊은 문단 후배들은 회고한다.

3. 누에의 방

암 투병하는 이해인 수녀와도 특별한 사이였다. 꼭 회복되어 자신의 임종을 수녀님 곁에서 하고 싶다는 간절한 소원이 이뤄졌던 것일까, 영정 속 선생의 정겨운 미소 앞에서 시인은 눈물을 그칠 줄 몰랐다.

선생은, 작가는 시대를 대변하고 공정한 사회를 만들어나가는 데 일조해야 한다는 문학인의 자세를 몸소 실천하고 떠나신 분이다. 그토록 사랑했던 가족과 이웃, 후배들이 잘살아나갈 수 있게 주춧돌을 놓아주신 분이셨다. 부디 저 세상에 가서서도 고운 미소로 영생하시기를 두 손 모아 빌어본다.

참살이

문우가 매실 한 박스를 보내왔다. 푸짐한 매실 알들이 그녀의 볼처럼 풋풋하고 탱탱하다.

직장일이 분주한 이가 애썼을 것을 생각하니 편안하게 앉아서 받는 것이 미안하기 짝이 없다. 글 쓴답시고 마음이 온통 콩밭에 가 있는 내 심사를 눈치챈 모양이다. 글로써 맺은 인연이라고는 하나, 별 도움도 주지 못했는데 잊지 않고 대소사를 챙겨주어 고맙기 그지없다.

탱글탱글한 매실을 물에 두어 번 헹구어 바구니에 받혀 건조하고 담글 항아리도 깨끗이 씻어 엎어놓았다. 실로 오랜만에 주부만의 소임을 찾은 듯, 비로소 뿌듯한 심정이 된다. 물기가 빠지기를 기다려 되작이다 보니 까만 점이 붙은 알이 더러 눈에 띈다. 자세히 살펴보니 꼭지가 덜 떨어진 것이다. 매실 액이 탁해질까 싶어 점 박힌 놈을 골라 일일이 손톱으로 긁어내려니 번거로운 마음이 들었다. 요 정도의 수고도 없이 어찌 귀한 매실 액을 얻을 수 있겠는가. 날로 먹으려는 내 심보가 참으로 고약하다.

선명해진 언저리가 탯줄 잘 떨어진 아기 배꼽처럼 어여쁘기 그지없다. 바로 이곳을 통해 수정된 생명이 영양분을 흡수했던 것이다. 하늘과 땅에서 햇볕과 바람과 비의 자양분을 받아 생명줄을 연명하고 있는 것이다. 사람과 동물, 식물조차도 어미의 젖으로 몸집을 키워내고 있었다. 새삼 한 알의 열매에서 숭고한 자연법칙을 깨닫는다.

그동안 나는 자연으로부터 너무 멀리 벗어나 있었나 보다. 손끝에 닿는 여문 매실 알의 감촉만으로도 내게서 새움이 돋을 것만 같다. 푸성귀를 매만질 때면, 손끝으로 전해오는 힘찬 생명력을 느낄 수 있다. 미처 조리도 하기 전에 짜릿한 충만감이 앞질러 오기도 한다.

밭에서 직접 키워 솎아 먹는 채소는 맛은 물론이고 그 기쁨이 배가 되는 모양이다. 슈퍼마켓에 진열된 채소나 과일보다 노지에서 직접 사는 장거리가 오래도록 싱싱함을 유지하는 걸 보면.

얼마 전, 산행 하산 길에 우연히 남편의 옛 동료를 만났다.

산기슭에 새집을 지어 이사한 지 한 달 남짓이라고 했다. 내외가 땀을 뻘뻘 흘리며 마당 잔디에 거름을 주고 있었다. 이참에 자신들도 좀 쉬자며 나무의자를 내밀었다. 어느결에 내온 시원한 얼음물을 한 잔씩 얻어 마시고 부부가 손수 가꿨다는 채소밭으로 안내되었다. 자식처럼 공을 들여 텃밭을 가꾸고 있었다.

이랑마다 다른 채소를 심어, 보라색 가지 꽃과 흰 감자 꽃이 한창이고 옥수숫대도 쑤욱 목을 빼고, 고추와 토마토도 제법 알이 영글고 있다. 부인은 상치 밭에 앉더니 여린 상치 잎을 덥석덥석 솎아낸다. 먹을 만치 많이 뜯어가라는 권유에 못 이기는 체, 귀한 푸성귀를 조심스레 솎아냈다. 상치 잎이 너무 여리니 두서너 장씩 쌈 싸먹으라는 귀띔도 잊지 않는다. 옆의 실한 아욱도 솎아준다. 멸치다시 국물에 된장 풀어 국 끓이면 일미라고 사양을 헤도 지끄 담는다.

공들인 채소를 거저 얻는다고 염치없어하자, 뒷집 교사 내외에게서 몇 두둑 공짜로 얻은 땅이니 괘념치 말란다. 신선한 공기 덕에 날로 건강해지는 것 같다는 부부의 웃음이 마냥 부러운 하루였다.

물기 마른 매실을 항아리에 담고 켜켜이 설탕에 재워야 매실 청이 우러난다. 매실과 설탕 비율을 같게 재워야 제맛이 난다고 한다. 매실 한 박스, 설탕 10 키로 그램의 무게에다 매실을 갖다 준 이의 노고가 얹혀 소중함이 배가되었다. 매실에서 풍겨오는 달큼한 향이 벌써 식욕을 자극한다.

예로부터 매실을 음식과 물, 핏속의 3독을 없애는 보약이라고 여겼다. 그래서 매실을 만병통치라고도 부른다. 열매를 설탕에 재워 청을 우려내면 여름철 음료수로 일품이고 겨울철에는 따끈한 물에 타서 마시면 온몸에 생기가 살아난다. 또한 배탈이나 소화불량에도 증세에 따라 원액을 희석해 마시고 나면 씻은 듯이 낫곤 한다. 소주를 부어 술을 담그면 어떤 약주보다도 향이 좋아 반주로는 으뜸이다. 매실 청을 우려낸 후, 쪼글쪼글해진 매실알을 고추장에 박아두면 맛있는 장아찌가 된다. 여름철, 물 말은 밥술에 매실 장아찌를 곁들이면 더위 먹은 입맛도 너끈히 살아난다.

3개월 숙성시켜, 문우의 정처럼 노란 액이 우러나면 주위에 신세진 분들과 같이 나누려 한다. 아아, 벌써 입안에 고이는 매실의 새콤함을 어쩔거나 …….

혼의 담금질

한민족 최대의 명절 설 끝자락에 우리는 넋을 놓았다.

육백 년 조선의 얼이요, 얼굴인 숭례문이 화마로 폭삭 주저 앉는 참화를 겪었다. 설마 했던 일이 눈앞에서 벌어졌는데도 아직도 내 눈을 의심하게 된다. 숯등걸이 된 국보 1호의 기둥 과 서까래, 무너져 내린 기와 더미를 수십 차례 화면을 통해 보면서도 도통 현실감이 들지 않았다. 비단 나뿐만이 아니리 라. 임진왜란과 병자호란, 6·25전쟁에도 꿋꿋하게 견뎌 온 한민족의 자존심이 아니었던가. 방화만 아니었으면 천 년을 갈 수 있는 문화재여서 안타까움이 더욱더 크다.

숭례문은 서울에 남아 있는 여말선초麗末鮮初의 화려한 다포 多包양식을 보존하고 있는 유일한 목조 건축물이었다. 나머지 는 모두 임란 이후에 재건된 것이라고 한다. 불길을 잡기 힘들었던 것도 기와와 서까래 사이의 지붕 경사를 고정하기 위한 적심목에 소방수가 미치지 않아 불길이 남아있었던 게 원인이었다. 우리는 지금, 미국의 9·11 테러처럼 정신적 공황상태에 사로잡혀 있다.

주궁인 경복궁의 화재를 막기 위해 광화문 앞에는 해태상을 세우고 도로는 직선을 피해 종각으로 우회시키고, 관악산의 불길을 막기 위해 숭례문 현판을 세로로 세운 우리 선조의 혜안이 한갓 방화범에 의해 수포로 돌아간 지경임에야.

서성書聖 추사 김정희도 과천에서 내왕할 때, 해 저무는 줄 모르고 우뚝 선 채, 양녕대군이 쓴 숭례문 현판을 황홀하게 쳐다보았다고 한다. 도올 김용옥은 회록지재回祿之災, 받은 녹을 되돌리는 재난이라고까지 말한다.

국보 1호가 맥없이 잿더미로 변한 것도 기가 막힐 일인데 문화재청과 소방방재청, 중구청이 사후 책임공방에만 분주하다니 그 한심함에 허탈감에 빠지게 된다. IT강국, 경제지표 11대 경제대국인 우리가 원시적인 화마 앞에서 속수무책 당한 것을 인정하자니 슬그머니 화가 끓어오른다.

일본은 1949년 일본 호오류사의 금당벽화와 이듬해 금각사 소실로 그날을 기려 문화재 방재 훈련을 철저히 한다고 한다. 소 잃고 외양간 고치기이기는 하지만 남아 있는 보물급 목조

문화재만 해도 일백 이십여 개가 넘는다고 하니, 최선의 방법을 모색해 조상이 물려준 문화유산을 기필코 지켜내야 할 것이다. 화재 관련 문화재 전문가는 전무한 상태라 하고, 국보 1호의 보험금이 고작 구천오백 만 원이라는 기막힌 현실이 더욱 우리를 당혹스럽게 만든다. 무엇이 오천 년 찬란한 문화유산을 이 지경으로 이끌었단 말인가? 우리는 왜 혼을 빠뜨리고 겉치레에만 매달려 허겁지겁 달려왔던 것인가? 드디어 올 것이 왔다는 자포자기의 말들도 들려온다. 이미 무너진 한민족의 자존심 회복을 위해 3년 이내에 복원시키자는 졸렬한 발상도 들려온다. 신응수 대목장은 '목공사는 시간이 만들어 내는 예술'이라고 못 박지 않았던가.

위층 대들보 위 기둥에 얹혀있는 마룻보와 고주高柱는 조선 태조 숭례문 창건 당시(1398년)의 목재로 지름 일 미터가 넘는 금깅송이라고 한다. 육백 넌 넘게 튼튼하게 지붕을 띠받칠 수 있었던 것은 좋은 목재를 골라 썼기에 가능했다. 이런 금강송을 찾아내자면 백두대간을 다 훑고 다녀도 몇 그루 얻어낼지 말지라니 이렇게 기막힌 일이 또 있으려나 싶다.

다섯 시간 가까이 숭례문의 화재를 지켜보며 문득 떠오르는 생각이 있었다. 나태해진 영혼을 담금질해야 할 시간이 오지 않았나 하는.

3. 누에의 방

쳐라, 가혹한 매여 무지개가 보일 때까지
나는 꼿꼿이 서서 너를 증언하리라
무수한 고통을 건너
피어나는 접시꽃 하나.

이우걸 「팽이」 전문

이제 속도전으로 치달리던 조급함을 가라앉혀 차분히 자신을 뒤돌아보아야 할 시간이다. 기갈 들린 습성을 뜯어고쳐 자신이 선 자리를 다독여야 할 시점이다.

온 국민은 뼈저리게 깨우치고 있다. 문덕수 사물놀이패와 한마음으로 진혼곡을 바치고 그 절절한 애달픔을 살풀이로 풀어냈다.

가혹한 매를 맞음으로써 옹골진 무궁화 한 송이 피울 수만 있다면 시련은 혹독할수록 후세에 크나큰 자산이 되리라. 잿더미가 된 숭례문 위에도 민족의 얼을 담은 찬란한 무지개가 피어오르리라 갈구해본다.

유머 여행

사박오일의 대만여행을 다녀왔다.

대만박물관의 유물을 보고자 오래전부터 염원하던 차, 마침 경남예술인협회의 세미나가 그곳에서 개최돼 동참하게 되었다. 떠나기 전에 동행할 한 시인으로부터 유머집대성 숙제를 부여받았다. 올봄에 교직에서 물러나 홀가분해진 그이는 이왕이면 여행을 좀 즐겁게 다녀오자는 의도인 것 같았다. 그간 문학기행이 있을 때마다 차 안에서의 지루함을 달래기 위해 여기저기서 주워들은 우스갯소리를 몇 차례 한 것이 계기가 된 듯싶었다.

내가 지인들에게 들려주면 점잖은 분들도 박장대소하며 어색한 분위기가 금방 풀리는 재미로, 간직하고 있는 유머족보 몇 가지가 있기는 하다.

현대적 해석을 곁들인 사자성어.

박학다식博學多識 – 박사와 학사는 밥을 많이 먹는다.
죽마고우竹馬故友 – 죽치고 마주앉아 고스톱만 치는 친구.
삼고초려三顧草廬 – 쓰리고를 할 때는 초단을 조심해라.
천고마비天高馬肥 – 천 번 고약한 짓을 하면 손발이 마비된다.
임전무퇴臨戰無退 – 임산부 앞에서는 침을 뱉지 마라.

어느 정도 글줄이나 읽어 이면의 뜻을 헤아리는 상대에게
전을 벌여야지, 하는 사람이 무안해질 정도로 반응이 전혀 오
지 않는 사람들도 더러 있다. 곱씹을수록 해학이 넘쳐, 즐겨
사용하는 이 족보는 친정아버지에게서 전수받은 것이다.

6년 전, 5대 종손인 오빠가 사고로 급작스레 세상을 뜨자 온
집안이 슬픔에 싸여 헤어 나올 수 없을 지경이었다. 삼우제를
치르고 다음날이면 각자의 일터로 돌아가야 할 시간이었다.
아버지가 서재로 들어가시더니 복사한 종이 몇 장을 들고 나
와 심각한 표정으로

"지영어미, 글 쓰는 사람들한테서 이런 문구 들어본 적 있
냐?"

며 건네주셨다. 바로 사자성어를 현대판으로 해석한 것이다.

그 순간 침통했던 기분이 싹 가시면서 언제 그랬나 싶게 식구들 웃음보가 터졌다.

그랬다. 애간장이 끊어질 듯 떠난 사람이 애통해도 산 사람은 또 살아내야 하는 것이 인생이 아니던가. 아버지는 종손 집안의 가장으로서 애끓는 슬픔을 다스리고 다른 식구들의 건강을 염려해 지혜를 짜내신 게다.

물질문명을 혐오한 마크 트웨인이 '유머는 기쁨이 아니라 언제나 슬픔에서 나온다.'고 한 것처럼 유머는 슬프고 고통스러울수록 필요한 진통제 같은 것이 아닌가 생각된다.

이번 여행에서 유머 총장님이 한 분 추대되었는데 그분 덕에 사박오일 내내 웃음꽃이 그치지 않았다. 때론 얼굴이 붉어질 정도로 위험수위를 넘나들긴 했어도 회원들에게 폭발적 웃음을 선물한 대가에 비하면 미미한 일이었다. 그러나 개성이 강한 예술인들의 모임인지라 예총의 위상 운운하며 대놓고 불쾌감을 토로하는 이들도 더러 있었다. 셰익스피어도 재담이 성공하고 못하고는 듣는 사람 귀에 달렸지 말하는 사람에 의해 좌우되는 것이 아니라고 하지 않았던가.

신사나라 영국에서 처칠 수상이 대다수 국민의 지지를 받아 정치적 역량을 한껏 펼친 것도 타고난 기지를 발휘해 인간관계를 원만하게 이끈 데 기인하지 않았을까.

3. 누에의 방

한 날, 처칠 앞에 있던 부하 직원이 바지 지퍼가 열렸다고 하자, 처칠은 당황한 기색도 없이 '괜찮습니다. 죽은 새는 새장 밖으로 나오는 일이 없는 법이니까요'라고 한 일화는 오랫동안 회자하고 있다. 이처럼 유머는 인간사회에서 꼭 필요한 윤활유 역할을 하는 것이다.

이러저러 웃고 즐기는 가운데 눈 깜빡할 사이에 여행의 마지막 밤이 되었다. 그날 밤, 자오시의 유명한 탄산나트륨 온천에 묵게 되었다. 며칠 쌓인 피로를 씻어낼 절호의 기회였다.

호텔 방에서 준비해간 수영복을 갈아입고 수영모를 쓰고 가운을 걸치고 반대편 건물에 있는 온천탕 탈의실로 나섰다. 정원과 노천탕을 지나 건너가는 길이 구불구불 미로학습처럼 느껴졌다. 40도가 넘는 열탕이니 김이 쐬어 번거로울 것 같아 안경을 탈의실 옷장에 벗어놓고 온천으로 들어갔다.

생전 처음 보는 시설을 두루 체험하고 장미, 허브 등 이벤트 탕까지 섭렵하느라 2시간가량을 보내고 다시 샤워장으로 돌아갔다. 온천욕을 하고 나니 혼곤해져, 표지도 보지 않고 정면에 보이는 샤워장으로 늠름하게 들어가며 '대만은 남녀공용 샤워장인가보다' 여겼다. 한 칸의 문을 밀고 들어가 수영복을 입은 채로 샤워를 마치고 나오는데 중국남자들이 나를 가리키며 툴툴거리는 것이 아닌가. 놀라서 쏘리를 외치며 뛰쳐나와 보니 남자 칸이었다. 탈의실로 돌아와 머리를 말리며 큰일 날 뻔 했다고 일행과 웃는데 아뿔싸, 칸막이 너머에서 한국말이 들려오는 것이 아닌가.

"퍼포먼스는 이미 끝났습니다!"

오십 너머 살면서 이런 민망스러운 실수는 처음인 것 같다. 구렁이 담 넘어가듯, 그냥 통과하고 싶었으나 다음날 이동하는 버스에서 바로 그 목소리의 주인공이 간밤 사건의 전모를 밝혔다. 자신은 수영복을 벗은 채로 샤워장을 나오려는데 난데없이 여성의 소리가 들려와서 되레 자신이 여성 칸에 들어온 줄로 착각했다고. 불과 몇 초만 빨리 나왔더라면 큰 봉변을 당했을 거라고 여태도 황당한 표정을 지었다. 어쨌거나 나의 순간의 실수로 말미암아 여러 사람이 엉큼한 상상을 해가며 한바탕 웃었으니 이 또한 보살행이 아니랴.

여행이 끝나기 전에 부덕받은 소임을 다하기 위해 나도 유머 한방을 터뜨렸다.

백 살 넘은 노인에게 장수의 비결을 묻자

"죽지 않고 살아 있으니 장수하는 거지!"

할머니의 명쾌한 답변이 유머의 왕 중 왕이 아닌가.

누에의 방

입학 전, 고향집에 머무르던 오륙 세였던 것으로 기억한다.

중부지방 전형적 가옥 구조의 ㅁ자 한옥이었다. 강의실로 꺾어진 귀퉁이에 할아버지 사랑방이 있었고 할머니가 기거하는 안방 사이의 좁은 방에선 누에를 쳤다. 등잔불을 끄고 자려고 할머니 곁에 누웠으면 누에가 뽕잎 갉아 먹는 소리가 사각사각 자장가처럼 포근하게 들려왔다.

늘 엄마 정이 그리운 어린아이는 틈만 나면 할머니 치마폭에 안기곤 했다. 심한 감기몸살을 앓고 난 아이는 어리광이 더 늘어 잠시도 할머니 곁에서 떨어질 줄 몰랐다. 자다가도 서너 번씩 곁의 할머니를 확인해야만 잠이 들곤 했다.

어느 날, 잠결이었는데 곁이 허전해서 더듬으니 할머니가 없었다. 깜짝 놀라 일어나니 누에 방에서 희미하게 등잔불빛이 새어나왔다.

"아— 할머니가 누에 뽕잎을 주고 계시는구나."

예전처럼 벌떡 일어나 미닫이를 열었다. 그때, 사랑방에 계셔야 할 할아버지가 헛기침을 하며 황망히 방을 빠져나가시는 게 아닌가.

다섯 살 계집아이의 충격은 말할 수 없이 컸다. 할아버지는 평상시의 엄격한 모습과는 달리 야릇한 홍조를 얼굴에 띠고 계셨던가. 그렇게 풀어진 표정은 할아버지 평생 처음 봤었다. 그때, 남녀 간의 사랑 공간엔 더할 수 없이 달큰한 공기가 흐른다는 것을 어렴풋이나마 알아챘던 것 같다. 해서 누에의 기억은 천으로 직조되기 훨씬 전부터 부드럽고 따뜻한 성性적 신비감으로 자리 잡혀 있다.

누에는 고치를 칠 때까지 네 번 잠을 잔다. 간간이 깨어나서 엄청난 양의 뽕잎을 먹는다. 소작농의 이낙들과 수앙 고모와 할머니는 여름날 대부분을 뽕잎 따는 데 소일했다. 종종거리는 할머니의 치맛자락을 붙잡고 들로 부엌으로 방으로 따라다니며 덩달아 분주했던 것 같다.

두 잠 자기 전의 거무튀튀한 애벌레가 꿈틀거리는 것이 징그럽기도 했으나, 석 잠 후, 그 희디흰 누에의 유연한 몸놀림은 신비롭기조차 했다. 넉 잠을 잔 후, 입에서 실을 뽑어 고치

3. 누에의 방

151

를 치고 동면에 들어가면 함박눈처럼 시린, 흰 둥근 집이 얼마나 황홀하던가.

겨울밤, 동네 아낙들이 모여앉아 물레질을 한다. 삶은 고치를 자배기에 담아 안고 물레를 돌려 은빛 실을 자아낸다. 그 지난한 과정이 여인들의 부드러운 손길과 눈빛과 두런두런 속삭이는 얘기 속에 익어가는 풍경은 지금껏 실크의 촉감으로 남아 있다.

실크는 여름에는 시원하고 겨울에는 따뜻하다. 공정과정이 매우 어려운 만큼 대량생산되기 전에는 귀한 천이었다. 하나 한번 그 맛에 길들면 다른 화학섬유를 택할 수 없다. 실제의 착용감보다도 동심의 누에로 나만의 환상적 감촉을 지니게 되었을는지도 모른다. 지금껏 내 기억의 방에서는 누에고치와 엄마의 젖무덤과 고분의 능선이 어우러져 유연한 사랑 춤을 추고 있다.

쌀쌀한 바람이 옷깃을 스밀 때, 실크스카프를 두른다. 정서적 안온함이 배가 된다. 할머니의 자애로운 웃음과 유머와 슬기가 비단실로 촘촘하게 짜여 온몸을 휩싼다. 내 정서에 생경한 흠집들이 명주 자락을 통해 아물고 있다.

남자들의 수다

수다는 여성들만의 전유물이 아닌 모양이다.

남자 셋이 모여 떠는 수다는 눈이 막 쏟아질 것 같은 잿빛 하늘을 화들짝 깨워놓았다. 이십 년 남짓 아침 방송에서 정신과 상담을 맡아 친숙한 의사, 내로라하는 유명 연예인을 성형한 성형외과의, 수더분한 이웃집 아저씨 같은 가정의학과 의사, 셋이 모인 자리이다. 이미 매스컴을 통해 널리 알려진 진문의專門醫이기에 이렇게 한자리에 모으는 일조차도 어려웠을 것이다.

우선 그들이 허물없이 툭툭 던지는 대화에서 친밀감을 엿볼 수 있다. 나이도 분야도 각기 다른 세 사람의 진솔한 대화는 시간이 흐를수록 마음을 녹여주었다. 상대의 장단점을 훤히 꿰고 있고, 자신이 겪은 실수담도 거리낌 없이 꺼내 시행착오

하지 않도록 귀띔해주고 있다.

각자가 지키는 건강법을 알려주고자 하는 안타까운 모습에서는 끈끈한 정이 묻어났다. 산악자전거, 발리댄스 등 취미도 다양하다. 위험을 무릅쓰고 하루 30킬로미터 이상을 자전거로 출퇴근하는 이에게 '형수 애간장 좀 그만 태우게 하라.'는 염려 섞인 당부도 빠트리지 않는다.

중년의 복부 비만은 성인병의 지름길임을 강조한다. 허리에 찰랑거리는 댄스복을 걸친 이는 허릿살을 빼는 데 효과만점이라고 적극 추천하나, 부끄럼 많은 정신과 의사는 본인이나 많이 하라며 귓불을 붉힌다.

이들 셋이 주방에 모여 건강식을 만들었다. 일주일에 서너 번 직접 요리를 한다는 정신과의, 한 달에 한두 번 별식을 만든다는 성형외과의, 전혀 주방에 들지 않는다는 가정의학과 의사는 추천하는 건강식이 각기 다르다.

다른 육류에 비해 불포화지방이 가장 많다는 오리볶음 요리, 신진대사 효능이 높다는 노랑 파프리카 샐러드, 겨울철 비타민 보강에 으뜸이라는 사과 야채 무쌈, 이들이 만들어 낸 특선 요리이다.

자주 요리를 한다는 이의 서툰 칼솜씨도 위험하기 짝이 없어 보인다. 그러나 음식의 맛이나 솜씨가 중요한 건 아니다.

가족을 위해 정성을 쏟는 모습이 감동을 주고 있다.

방송계의 햇병아리 의사가 나타나 시식 후에, 세 가지 요리 평가를 거들었다. 오리 요리는 좋은 식재를 버무려만 놓았지 특유의 감칠맛을 느낄 수 없어서 60점, 사과 야채 무쌈은 소스가 빠져 네 맛도 내 맛도 없어 50점, 파프리카 샐러드는 야채를 너무 주물러서 차라리 신선한 재료를 그냥 먹는 것이 낫겠다고 30점. 가차 없는 혹평에도 그들은 희희낙락이다. 철 안 든 소년처럼 낄낄대는 그들의 천진무구함을 지켜보며 나도 모처럼 뱃속까지 웃어 제쳤다.

전문인으로서의 모습보다 그저 평범한 한 가정의 가장으로서의 인간적 대화가 가슴으로 스며들었다. 아, 저 정도의 진정성을 가진 이들이라면 줏대 있게 자기 자리를 지켜내겠구나 하는 신뢰감이 들었다.

요즈음 '힐링'이 대세디. 물론 치유기 중요히다. 히지만 걷잡을 수 없이 헝클어진 뒤의 수습보다 틈이 벌어지기 전의 대화가 먼저일 것이다. 부부, 부자, 고부, 동료 간에 마음 다쳐 상흔이 남지 않도록 소통에 힘을 쏟아야 할 때인 것 같다.

오늘, 새로운 사실도 알게 되었다.

길고도 긴 의학 수업은 학업 성취도 힘들지만, 교육비가 많이 들어 유복한 가정의 자녀가 아니면 진출하기에 어려움이 따른다.

그런데 셋 중 두 분은 단칸방에서 성장기를 보내며 자신의 투철한 의지로 현재에 이르렀다고 한다. 이런 힘든 성장기가 밑거름되어 오늘날의 그들이 각기 맡은 바 분야에서 이름을 떨칠 수 있었던 것이다.

마지막으로 시청자들에게 한마디씩 남기라는 요청이 있었다.

하루 삼사백 명 환자를 봐 거대한 재력을 쌓았다가 무모한 투기로 하루아침에 채무자로 떨어진 이는 여전히 껄껄대며 도통한 듯 말한다.

"나도 살고 있습니다. 나날이 벌어 탕감하는 기분도 괜찮아요."

다섯 식구가 대학 졸업까지 단칸방 신세를 면치 못했다는 다른 이는 '이것 역시 지나가리라.'는 체험에서 우러난 초월적 메시지를 남겼다.

가장 가정적이라고 여겼던 정신과 의사는 '아내의 불평과 잔소리는 속울음이다.'라고 역시 정신과적 조언으로 애처가의 면모를 유감없이 드러냈다.

한 시간 남짓 그들의 수다(?)를 지켜보며 나 자신도 대리만족으로 마음속 찌꺼기가 싹 가시는 것이었다. 그들은 공통적으로 말한다. 마음을 털어놓을 수 있는 친구를 많이 사귀라고.
서로의 속마음을 드러내는 대화가 어떤 약방문보다도 훌륭한
치유의 방법이라는 것을 깊이 깨달은 시간이었다.

사위에게 쓰는 편지

내가 자네를 사위로 맞게 되어 얼마나 기쁘고 고마운지 아마 자네는 짐작도 하지 못할 걸세. 지영이를 내 깜에는 바르게 키운다고 나름대로 애썼으나 아마도 타고난 성정이 따로 있어 교육으로도 감당하지 못한 부분이 분명히 있을 걸세.

사람이 태어나서 전혀 다른 환경에서 삼십 년을 자랐는데 어찌 두 마음이 딱딱 맞기만 하겠는가. 살다 보면 둘 사이의 맘이 맞는 일보다 의견 대립이 일어날 적이 부지기수일 걸세. 갠 날, 흐린 날 때로는 폭풍우가 휘몰아칠 날도 있을 걸세. 그럴 때, 슬기로운 사람은 위기를 잘 견뎌내는 법이라네. 자네의 성품이 넉넉하고 어질어서 바스대는 지영이를 잘 다독이며 아끼리라 믿네.

두 사람이 다 정직하고 고등교육까지 받았으니 먹고 사는 일은 걱정이 없으리라고 보네. 하지만 사람이 태어나서 의식주만 해결하는 일이 다는 아닐세. 이웃과 국가와 인류를 걱정하는 일이 큰 사람의 마음가짐일세. 물질이야 가졌다가도 잃을 수 있고, 쪼들리다가도 형편이 풀릴 수 있지만, 인격과 건강은 본인들이 철저하게 지켜내야 할 덕목이네.

운전면허를 방금 땄다고 운전을 잘할 수 없듯이 결혼생활도 마찬가지일세. 한선범 안지영 둘만의 지혜를 짜내 부단히 노력해서 지켜나가야 하네.

세상에서 가장 가까운 사이가 부부 관계이지만 또한 가장 예의를 차려 존중해야 할 사이도 부부라네. 다툴 일이 있더라도 그때그때 바로 사과하고 이성적으로 돌아와야지 오래 끌수록 앙금이 생기고 힘이 드는 법일세.

마지막으로 부탁 하나 더 하겠네. 어머님의 인품이 지영이하고 조화를 이룰 수 있을 것 같이 안심이 되면서도 세대 치이로 문제가 불거질 수 있다네. 부모님과 지영이의 의견이 상충했을 때, 자네의 중간자적 역할을 부탁하네.

지영이의 단점까지도 사랑해주는 자네가 참으로 고맙네. 여성과 남성은 성징만큼이나 다른 감성을 타고난다네. 그 점만 염두에 둔다면 문제없이 행복한 결혼생활이 될 걸세. 노파심에 너무 당부가 길어져서 미안하네. 자네를 믿기 때문에 큰 걱정은 하지 않네. 신혼여행 재미있게 잘 다녀오게나.

2008. 9. 26. 자네를 사랑하는 장모가

사랑하는 딸, 지영에게

엄마는 아직도 실감이 나지 않는다. 어릴 때부터 제 일을 똑 부러지게 잘해 내더니만 신랑감도 잘 만나서 엄마가 얼마나 기쁘고 안심이 되는지 몰라.

네가 늘, 이성적인 엄마 사랑에 서운할 적이 많았으리라 생각한다. 엄마는 교육학을 전공해서가 아니라 네 품성에 맞게 키우느라 냉정할 징도로 네 편을 많이 못 들었던 것 같다. 맹수들도 새끼를 강하게 키워야 제구실을 해낸다고 하지 않던. 엄마의 맘같이 바르게 커 주어서 엄마는 너무도 기쁘단다.

그리고 너를 믿는다. 선범이가 어질고 속이 너그럽다고 네 맘대로 성질을 부리면 절대 안 된다. 남편으로서 공경할 것과 애정이 진한 것과는 별개이다. 결혼은 연애가 아니기에 네 처신이 참으로 중요하다. 네가 평생 아끼고 사랑해야 할 남편의 마음을 아프게도 서운하게도 하지 마라.

결혼은 생활이기에 살아가다 보면 의견 충돌이 많이 일어날 것이다. 그때, 네가 잘못한 것은 바로바로 사과하고 화해해야만 부부사이가 돈독해진단다. 엄마 아빠는 삼십 이 년을 살았지만 한 번도 각방을 쓴 적이 없다. 남자들 마음이 아무리 무디다 하더라도 네가 노력하고 정성을 들이는 것은 다 통하게 마련이다.

그리고 친정부모는 피를 나눈 사이니, 격식을 반드시 차리지 않아도 되고, 다소 무례한 행동도 용서되나, 시댁식구들은 인연으로 맺어진 관계이니 네가 살아가면서 각별히 조심해서 모셔야 한다.

아버님도 각별히 예뻐하시고 특히 어머니가 가슴이 넓고 슬기로운 분 같아서 너와 조화를 잘 이루리라 믿지만 그래도 어른은 어른이시다. 무례와 방종은 절대 금물! 엄마가 너를 굳게 믿지만 어른들을 잘 모시고 모르는 일은 의논을 드리면 된다. 그렇다고 꾸며서 받들라는 것이 아니고 진심으로 시어른들을 대해야 한다는 말이다.

네가 사랑하는 신랑 선범이 힘들지 않고 행복하게 해주려면 네가 자잘한 신경을 많이 써야 한다. 우리 딸은 똑순이니 잘하리라 엄마는 굳게 믿는다.

끝까지 잔소리만 늘어놔서 미안해! 하지만 너도 자식 낳아
키워보면 엄마 생각 많이 할 거야. 신혼여행 재미있게 다녀와
서 건강한 신랑 신부로 우리 만나자!

아! 제일 중요한 당부가 빠졌네. 너는 너무 잔 것(돈을 포함해
서)에 집착하는 성격이니, 사람이 세상에서 제일 귀하다는 것
만 명심하거라. 물질은 사람 다음!

2008. 9. 26. 너를 목숨보다 사랑하는 어미가

내 안에도 변종의 가지가 자란다

처음 우리 집으로 왔을 땐, 지금 모습과는 전혀 다른 나무였다. 키 일 미터가 채 안 되는 희귀종 벤자민.

벤자민이 실내 공기를 정화해준다고 이십 년 전, 너도나도 한 그루씩 집안에 들여앉힐 무렵이었다. 지금 사는 아파트로 이사하자, 입주기념으로 남편이 근무하는 연구소에서 나무 두 그루를 선물해왔다. 집들이하는 날, 젊은 연구원들이 들고 들어온 벤자민 화분은 좀 색달랐다. 흔한 녹색 잎이 아니고 미색 잎사귀가 소복하게 난 나무는 첫눈에 맘에 쏙 들었다. 꼭 등불을 환하게 밝힌 것처럼 따뜻한 빛을 오롯이 간직한 나무였다.

땅에서 덩그러니 떠 있는 십오 층 공간이라서 식물도 나처럼 흙이 그리울 것을 염려하여 아침저녁으로 들여다보며 안부를 물었다.

겨울을 난 이듬해, 다행히 새잎이 가지마다 뾰족이 얼굴을 내밀었다. 신기해서 들여다보노라면 잎 모양이 다 다르게 크는 것을 알 수 있었다. 민무늬가 있는가 하면 녹색의 빗살무늬도 있고, 녹색 물감이 부족해 슬쩍 붓 터치만 한 것처럼 생생하게 느껴지는 각양각색의 잎 무늬에 넋을 놓고 바라보았다.

식물은 주인의 발소리를 듣고 자란다고 했다. 내가 같이한 시간만큼 그것들도 내게 새록새록 기쁨을 주었다. 대신 몇 해가 지나도록 불과 몇 센티밖에 키 자람을 하지 않아 애를 태웠다. 그러던 어느 날, 본가지 옆에서 삐죽이 솟아난 새 가지를 발견했다. 불과 일주일 남짓 눈을 떼지 않았는데 이게 웬 조화란 말인가? 놀라서 툭 불거진 씽씽한 줄기를 살펴보니 원가지와는 전혀 다른 순 녹색 잎을 달고 나오지 않았나.

오래도록 맘 주었던 애인이 변심한들 이렇게 야속하지는 않았으리. 새로 생긴 정인처럼 그다지 정이 가지는 않으나 생가지를 잘라낼 수는 없는 일이었다. 도대체 어떻게 된 사태인가, 나무를 세밀하게 관찰하니, 아, 그동안 주객이 전도되었던 것이다. 고욤나무에 접을 붙여야 감을 딸 수 있듯이 벤자민도 같은 이치였다. 자세히 관찰한 바로는 녹색 벤자민에다 접을 붙여 미색 잎을 얻을 수 있었던 것이다.

3. 누에의 방

165

내가 정 붙인 미색 잎가지야말로 굴러 온 돌이 박힌 돌을 빼내고 주인의 사랑을 독차지했던 것이다. 녹색 잎은 멋은 좀 덜하더라도 억울하게 빼앗겼던 제 터를 이제야 되찾았으니 원주인을 괄시해선 안 된다는 데 생각이 미쳤다.

녹색 가지는 잃었던 시절에 대한 분풀이라도 하는 듯, 하루가 다르게 쑥쑥 컸다. 지금은 원래 있던 미색 가지는 초라하게 한 귀퉁이에 더부살이하는 형상이고 뒤늦게 생긴 녹색 가지가 삼 미터도 넘게 자라나 베란다 천장에 닿았다.

여름이 되어 하루가 다르게 성장하는 녹색 벤자민을 보며 만감이 교차한다. 나도 혹시 본래는 녹색이었는데 미색으로 위장하여 반평생 넘게 살아온 것은 아닌가.

가까이 지내는 시인들은 나를 쳐다보면 답답한 마음이 되는 모양이다. 그들은 시와 수필의 거리만큼 성정도 그들과 나는 다르다고 생각하는 눈치다. 그러나 내 생각은 좀 다르다.

사람은 타고난 성품에다 환경의 영향을 받아, 다듬어지거나 길들여진 품성으로 각자의 길을 가고 있는 것이 아닐까.

전쟁 말에 태어나, 생필품이 부족하던 시절, 종가의 대가족 속에서 형제끼리도 경쟁하면서 성장했다. 부모님들의 나에 대한 기대치와 공립여학교의 엄하던 교칙, 사범대학에서의 교사의 자질함양, 경상도 기질의 남편과 30년 넘는 결혼생활 등등이 발효되어 오늘의 내가 있는 것이 아니겠는가.

아무튼 나라는 존재는, 꼼꼼하고 정직한 부친의 품성과 인간에 대한 연민으로 열정적으로 평생 보살행을 실천하는 엄마의 피가 고루 섞여 있다.

그러니 동맥 정맥의 길을 구분 지어 늠름하게 가다가도 때로는 붉고 푸른 두 감정이 갈기를 세우고 뒤섞이는 일이 벌어지기도 한다.

요즘 들어 초록 잎으로 뒤덮인 벤자민을 보며 부러운 맘이 드는 건 사실이다. 그간 미색으로 포장되어 사랑과 신뢰를 받아 왔는데 이제는 한 번쯤 나도 날 것의 원 초록으로 되돌아가고 싶다.

뭇 시선의 허물을 벗고 내 몸이 원하는 대로 흐르고 싶다. 태초의 순환에 몸을 맡기다가 유성처럼 궤도 이탈을 하고 싶을 때가 있다.

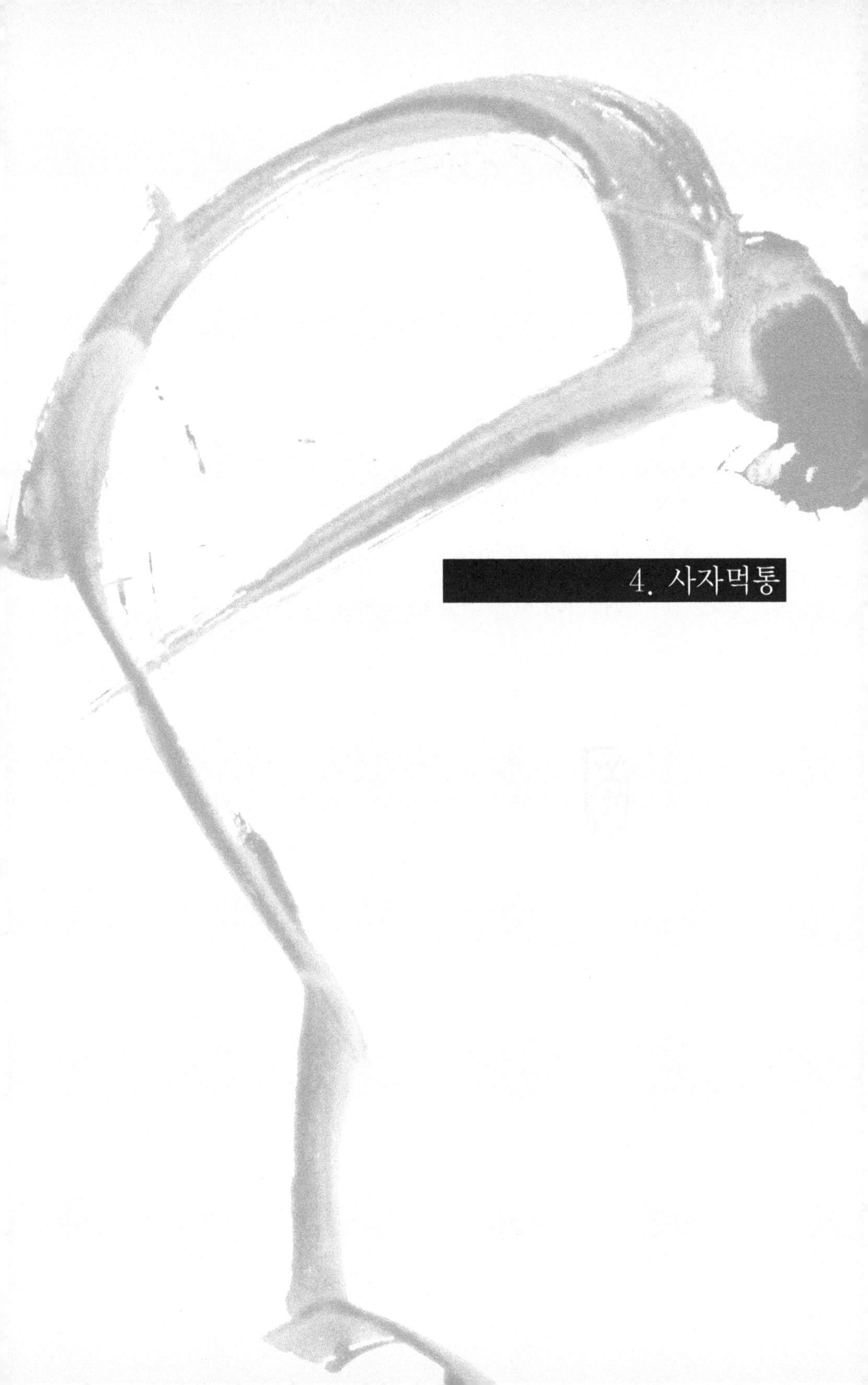

4. 사자먹통

사자 먹통

쓰다듬는 손길에 결이 삭았는지, 꺼칠하던 얼굴이 반지르르 윤이 난다. 앞다리에 힘을 주고 턱 버티고 선 폼이 종일이라도 먹줄을 퉁겨 낼 기세이다.

진주 인사동 골동품상에서의 첫 대면을 잊을 수 없다.

노부부가 운영하는 낡은 가게는 팔아야 할 의욕도 별반 없는 것 같았다. 진열은커녕 유물마다 케케묵은 먼지가 수북했다. 도자기, 자수보자기, 베갯모, 석등, 서예품 등이 얼키설키 놓인 가운데 유독 시선을 끄는 손바닥만 한 나무 사자 한 마리. 놈은 계속해서 초능력을 보냈던가, 그 앞에서 저절로 발길을 멈췄다.

대충 먼지를 털어내고 윤곽이 드러난 먹통을 살펴보니 예사 물건이 아니었다. 부리부리한 눈망울이며 뚝심이 담긴 뭉툭

한 코, 목을 감싸는 갈기마저 꼿꼿한 기상을 품고 있다. 이놈을 꼭 집으로 데려와야겠다고 결심이 선 것은 먹통에 턱 걸친 여유로운 꼬리 때문이다. 과연 맹수의 왕, 사자의 면모가 꼬리를 통해 유감없이 발휘되고 있었다.

한여름, 땀 흘리며 대패질하던 목수가 한숨 쉬어가던 길이 였을까, 사자 먹통을 보노라면 장인의 해학이 전해온다.

떡 벌린 입속엔 이빨이 정교하고 턱밑의 잔털에까지 만든 이의 혼이 배었다. 먹통에 활달하게 걸쳐있는 꼬리를 통해 장인의 호방한 풍모를 느낄 수 있다.

이놈과 몇 해를 얼굴을 맞대다 보니, 꼼짝없이 짝사랑에 빠졌다.

"사는 거 뭐 별거 있어, 여유를 가져……."

속을 훤히 꿰는 시자는 오늘도 조바심치는 나를 타이르고 있다.

달과 배

추석 차례를 모시고 온 저녁, 식구 셋이 모여 앉아 배를 깎는다. 돌배기 머리통만 한 놈을 두 손으로 움켜쥐기도 쉽지 않다. 땀 밴 과육이 행여 달아날세라 조심스레 껍질을 벗겨 내니 허연 속살에서 달달한 즙이 줄줄 흐른다.

어릴 적, 제사상에서 가장 침 흘리며 고대한 과일이 배가 아니었던가. 열댓 명의 식솔이 벅적거리던 그 시절에는 과일 한 쪽 얻어먹는 일이 꿈만 같았다.

어머니는 많은 식구 입에 한쪽씩이라도 차례가 가도록 벌레 먹어 썩거나 떨어진 사과를 한 광주리씩 사다가 풀어놓았다. 방과 후, 탐스럽게 붉은 사과 바구니가 대청 위에 놓인 날은 신바람이 절로 나서, 온종일 뙤약볕에서 운동회 연습으로 쌓인 피곤도 한순간에 날아갔다.

책가방을 내려놓기 무섭게 사과 한 개를 움켜쥐고 옷자락에 문질러 단숨에 베어 물면 입안 가득 번지던 상큼한 사과 향. 그 시절을 떠올리면 지금껏 입안 가득 새콤하게 침이 고여 온다.

사과와 달리 배는 생산량이 적어서 그랬던지 참으로 귀한 과일이었다. 제사상에나 올렸고 상을 물리고 나서도 조무래기 우리들에게는 그림의 떡이었다. 이가 부실한 할아버지에게 숟가락으로 긁어 대접에 담아 올리면 무릎에서 귀여움을 독차지 하는 늦둥이 손자 입으로 태반이 흘러들었다.

오늘 밤은 유난히 달이 밝아, 달의 숨결이라도 들리는 듯, 간절한 원도 왠지 하늘에 닿을 것만 같다. 시간과 품이 많이 드는 차례 상 준비로 절은 피로도 시원한 배 맛으로 절로 가시는 것 같다.

실한 과일 한 알 한 알에는 농부들의 한숨과 피땀도 같이 영글었으리. 배꽃이 흐드러진 황홀한 달밤에도 그 멋을 한껏 누릴 여유는 없었으리.

아아, 하늘도 무심하셔라, 단맛이 익어갈 무렵, 느닷없는 태풍으로 하얗게 바닥에 널브러진 과실들. 농부의 꿈도 산산이 부서져 허탈한 얼굴엔 수심이 가득하다.

아삭, 베어 문 과육 속에 눈물 어린 농부의 고뇌도 함께 씹힌다.

꽃도둑

오늘 아침에도 나팔꽃이 세 송이나 피었다.

바람과 햇살이 부족한 베란다에서 안간힘으로 피어나느라 안색이 파리하다. 그래서 더욱 대견스럽고 소중하다.

제때, 꽃씨를 뿌려주지도 않았건만, 때가 되면 어김없이 떡잎을 내밀어 넝쿨이 번지고 그린 듯, 잎을 빚어 꽃을 피웠다.

나는 단지, 넝쿨이 타고 오를 지지대를 세우거나 노끈을 천장에 매주는 수고만 하면 된다.

노랫말처럼 아침에 피었다가 오후가 되면 가차 없이 꽃잎을 오므리는 바람에 앙증맞은 모습을 놓칠 때도 잦다. 토라진 듯 앙다문 입술을 대하는 저녁엔 무심했던 하루를 되돌아본다. '시간을 헛되이 보내지는 않았는가…….'하고.

매일 봉오리가 터지는 것은 아닌지라 어느 날은 시무룩해지기도 하고 활짝 핀 얼굴을 맞이하는 날은 하루의 행운을 점쳐

보기도 한다.

여름날, 무료한 내 일상에 생기를 불어넣어 주는 나팔꽃은 실은 꽃도둑의 소산물이다.

몇 해 전, 북면 연꽃 밭에 구경 갔다가 주인공보다도 오히려 조역에 마음을 빼앗겼다. 허름한 창고 옆에서 청초하게 피어난 나팔꽃. 곁에 수북하게 싹 틔운 떡잎을 흙 채로 담아와 베란다 빈 화분에 심었다.

꽃이 시들고 난 자리, 씨방이 점점 몸을 불리고 마침내 누렇게 변하면 씨가 여물었다는 증거다. 통통한 씨방을 까발리면 어린 새끼들처럼 눈망울이 까만 씨앗들이 쏟아진다. 튀는 씨앗을 조심스레 받아 모아 지인들에게 나눠주며 속죄로 대신한다. 저절로 화분에 떨어진 씨는 다음 해에 나의 기쁨으로 다시 태어나고 있다.

첫 노을

색다른 이름의 전시회가 노을 사진 한 장과 같이 소개되었다. 취만부동吹萬不同 전展, 만 사람이 피리를 불어도 소리가 같지 않다. 신문사에서 이십 년 넘게 경력을 쌓은 기자들의 사진 전시회다. '여럿이 같은 사진을 찍어도 각기 다른 자기 세계가 있고, 서로 다른 존재를 인정하는 것이 취만부동'이라고 전시회 제목을 달아준 법련사 보경스님의 설명이다. 손바닥 반만 한 노을 사진에서 어릴 적 아린 슬픔이 피어오른다.

내게도 반평생을 가슴에 화인 된 노을이 있다. 오십여 년 전, 친정 부모님은 고만고만한 오 남매를 데리고 이주한 서울 생활이 힘들었던지 고향, 강릉 구정면 구정리에 계신 조부모에게 셋째인 나를 보냈다. 그때, 내 나이 다섯 살이었다. 원주, 춘천의 영유아기적 기억은 전무한 상태이나 고향에 맡겨지던 그 무렵은 또렷이 기억하고 있다.

어스름 녘에 시외버스 종점에 내려서 마중 나온 할머니 손을 잡고 십여 리 남짓 캄캄한 길을 더듬어 걸어갔다. 내 앞날의 운명을 어렴풋이나마 느꼈는지 투정조차 부리지 않았던 것 같다. 어린 나이에도 한없이 내 존재가 오그라드는 것을 알 수 있었다. 가슴속으로 냉기가 차오르는 듯 시리던 가슴이 여태 서늘하게 느껴진다.

낮에는 조부의 글방에서 글 배우는 총각들과 소작농의 아낙네들이 드나들어 집안이 왁자지껄했으나 저녁이 되면 그들이 모두 귀가하고 커다란 집안에는 조부모님과 수양 고모와 나만 덩그마니 남게 되었다. 할아버지는 엄격하셨고 할머니는 자애로우셨으나 대농의 가사노동에 치여 어린 손녀와 살갑게 마주앉을 시간이 부족했다.

지녁 답, 강습소 복도 서쪽 창으로 노을이 물든다. 정이 그리운 다섯 살 어린 계집아이는 차오르는 노을에 자신의 서러움을 풀어놓으며 일찌감치 철이 들고 있었다.

"그래, 그래, 조금만 참으면 신 나는 내일이 올 게야."

지금껏, 해가 지고 어스름 녘이 되면 나는 가슴이 서늘해지면서 우울해진다. 끼니를 걸러 배까지 출출한 날이면 영락없이 산등성이를 꼴깍 넘어가는 해 꼬리에 매달려 울고 싶기까

4. 사자먹통

지 하다.

어쩌면, 어린 시절 외톨이로 고향집에 머무른 것이 나의 글에 큰 자양분이 되었던 것 같다. 자연으로부터 풍부한 감성이 키워졌고 사람에 대한 살가운 정도 많이 쌓을 수 있었다. 함부로 떼쓸 수 있는 부모님과 달리, 조부님의 엄격한 교육 덕분에 그나마 바른 품성으로 자랐고 사람과의 관계도 문리가 일찍 트였던 것 같다.

귀향했을 때의 농촌 아이들과의 적응도, 초등학교 입학을 위해 상경했을 때의 형제간의 서먹서먹함도 모두 저 스스로 해결해야 한다는 깨우침이 일었었다. 어린 나이에도 타인으로부터 스스로를 보호해야 살아남을 수 있다는 터득을 일찌감치 했었던 것 같다. 돌이켜보면 홀로 꿋꿋하게 세상을 헤쳐나가려는 자생력을 키운 시기였음을 깨닫는다.

그래서 선홍빛으로 잘 익은 노을은 내게 있어, 상처인 동시에 나를 성숙으로 이끈 크나큰 가르침의 시간으로 존재한다.

연못 속 일가

식구 셋이서 도란도란 얘기를 나누며 출근할 적도 있었는데, 딸아이가 출가한 것이 이런 날은 실감이 난다.

아직 개강을 몇 주 앞둔 터라, 교정은 한산하다. 적막감마저 감돈다.

그이는 일하러 들어가고 오늘 나는 놀기로 작정하고 학교에 왔다. 새로이 연못을 꾸며 놓은 것도 보고 싶고, 거위와 오리들의 안부가 궁금해서이다. 주차권을 발부하고부터는 출입이 자유롭지 않아 오랫동안 연못에 가보지 못했다.

연못 둘레에 나무 난간을 넉넉하게 설치하고 못 가운데로 들어가 수련을 가까이 감상할 수 있도록 다리가 길게 놓였다.

멀리서 봐도 꽥꽥거리는 거위는 여전히 건재한 것 같고 목덜미가 벌겋도록 따돌림을 당하던 오리는 보이지 않는다. 결국 견디지 못하고 도태됐는지 궁금하기 짝이 없다.

무리들 곁에 바짝 다가서서 살펴본다. 거위들은 경계심을 품고 동작을 멈추는데, 어디서 병아리 소리처럼 가냘픈 소리가 들려왔다. 소리 나는 쪽으로 눈을 돌리니, 웃자란 풀숲에서 까만 솜털이 보송보송 한 새끼들이 어미 뒤를 쫓아 연못으로 뛰어든다. 눈짐작으로도 참새보다 몸피가 작아 보인다. 그때, 힘이 실린 소리가 다급하게 들렸다. 돌아보니, 덩치가 좀 큰 수놈이 어느새 새끼들을 몰아 연못 깊숙이 대피하고 있다. 요놈들 좀 봐라, 멀리서 딴짓을 하다가도 제 식구의 위험을 감지하고 지체 없이 나타나서 구출작전이라니. 가족을 허투루 여기는 사람보다 미물이 한 수 위인 것을…….

부리로 수련 잎을 헤적이며 먹이를 찾는 놈, 징검징검 연잎 위를 건너뛰어 도망가는 놈, 어미 꽁무니를 바짝 달아 붙이는 놈, 세 마리가 하는 짓도 각양각색이다. 역시 행동이 재바른 놈이 몸집도 크고 눈치도 빠른 것 같다.

논병아리는 정수리에 뿔처럼 깃털이 솟아 있다는데, 보이지 않으니 논병아리는 아니고 무슨 조류인지 궁금하기만 하다.

미색, 분홍, 백 수련이 수면 가득 피어올라 연못은 화사한 꽃 잔치 중이다. 그 사이를 넘나들며 먹이 사냥을 하는 녀석들이 귀여워 눈을 뗄 수 없다. 벤치에 나와 앉아 멀리서 관찰하고 있자니 경계를 풀고 물가에 나오다가 가까이 다가서는 인기척에 꽁지가 빠지게 일가를 몰고 물속으로 되돌아간다.

단란한 일가를 이룬 너희들은 도대체 누구이뇨?

검박儉朴한 삶

덥다, 더워도 너무 덥다.

30도를 웃도는 열대야가 한 달 가까이 지속하니 몸도 마음도 지쳐만 간다.

서민들의 발목을 붙잡는 것이 어찌 삼복더위뿐이겠는가. 생필품과 유가油價는 하루가 다르게 치솟고, 수입 쇠고기 촛불 시위, 북한 도발에 희생된 금강산 관광객, 게다가 이에 적절히 대처하지 못하는 정부의 미숙한 통치력까지도 국민을 살맛 나지 않게 만들고 있다.

설상가상, 일본은 독도를 통째로 삼키려 하고, 중국은 한민족의 정수리인 백두산을 자국 땅으로 못 박아 놓았다. 한반도를 둘러싼 열강의 야만적 행위가 불쾌지수를 한층 더 치솟게 한다.

그러나 북경 올림픽에서 속속 도착하는 금메달(수영 박태환, 남녀 양궁, 유도 최민호, 사격 진종오, 역도 사재혁 등) 소식은 한 줄기 폭포수로 불볕더위마저 잠시 잊게 한다.

지구 온난화가 가속되어 세계 곳곳에서 기후 이변이 일고 있다. 한반도를 덮친 폭염도 이변이다. 중국 쓰촨성을 집어삼 킨 지진과 남북극의 빙하가 빠른 속도로 녹아 저지대 섬이 흔 적도 없이 사라지는 일도 모두 인간이 자초한 것이다.

과도한 에어컨 가동으로 정전사태를 빚기 일쑤고 또 겨울에 는 웃옷을 벗을 정도로 난방을 해댄다. 이렇게 물 쓰듯 쓰다가 는 향후 백년 안팎에 매장된 자원이 고갈될 것이라는 전문가 들의 분석도 나오고 있다. 대기오염의 심각성을 깨달은 선진 국 중심으로 자국이 사용한 연료만큼의 환경오염세를 부과케 하려는 움직임이 일고 있어 그나마 다행이다. 더 늦기 전에 이 제부터라도 지켜내야 할 인류의 사활이 걸린 문제가 아니던 가.

'경제개발'이라는 거국적 목표를 향해 우리는 곁눈질 한번 하지 않고 반세기를 달려왔다. 그러나 높아진 국민소득에 비 례해 삶의 질도 높아졌다고 말할 수 있는가? 자원과 인력을 무 모하게 소진하고 일궈 낸, 첨단의 문명사회에서 살아가는 나 날이 과연 행복하기만 한 것인가?

4. 사자먹통

이제 맹목으로 치닫던 속도를 멈추고 우리가 누리는 무질서한 풍요를 점검해야 할 시기가 온 것이다. 먹고 남긴 음식물 처리비용으로 수십억씩 들어가고, 사행심으로 낭비하는 외화가 기하급수로 늘어가는 추세라고 한다.

인생 대부분을 환란(일제 강점기, 6·25전쟁)으로 희생하신 부모님 세대들은 지금껏 물 한 방울, 동전 한 닢을 귀하게 여긴다. 윗세대의 근검절약, 희생적 토대가 있었기에 오늘날 우리가 풍요로운 삶을 누릴 수 있다. 이제 자원을 절약하고 환경을 보호해야 하는 일은 혼자만의 문제가 아니다. 지구 상의 모든 인류가 평화롭게 살아가려면 국가를 초월한 세계관이 필요한 시점에 서 있다.

평생 생명운동을 몸소 실천한 소설가 박경리 선생을 생각한다. 그 어른은 원주 토지문화관에서 손수 키운 푸성귀로 후배들을 무상으로 뒷바라지했다. 기숙하고 있는 젊은 작가들이 미안해할까 봐 마주치는 일조차 피했다고 한다. 불편한 무릎으로 밭두렁을 기어 풀을 매고 열매를 거두어 자라나는 후배들을 거둬 먹였다. 몸을 던져 뭇 생명을 존중하고 물자를 아껴, 이웃과 제자들을 뜨겁게 사랑하신 모습은 후대의 표상으로 길이길이 남을 것이다. 이것이 참된 사랑이고 참살이다.

우리에게도 차세대에 굳건한 정신적 유산을 물려줘야 할 책

임과 의무가 있다. 배부르고 등 따스운 겉치레의 삶이, 반드시 참된 삶이라고 말할 수 없다. 육체는 단지 정신을 보듬는 그릇에 불과한 것이다. 귀한 자식일수록 매 한 대 더 치라는 속담은 세월이 변해도 유효한 경책警責이 될 것이다.

무더위를 이기는 방법은 역시 독서가 최고다. 성현들의 지혜와 근검한 생활을 책 속에서 좇다 보면 더위도 쫓고, 마음도 더불어 부자가 되니 일석이조가 따로 없다.

녹음 편지

계절 탓만은 아니리라.

시아버님 제사를 모시러 가는 길은 늘 가슴이 보랏빛으로 부푼다. 뵙지 못한 그리움이 가슴 언저리를 오동꽃으로 물들이고 밭둑에 앉아 쑥을 캐는 여인들의 봄기운이 내 어깨까지 들썩이게 한다. 나직나직한 능선의 부드러움으로 각박해진 마음이 마냥 유순해지고, 새잎을 틔우는 과수원에서 연둣빛 잎사귀에 볼이라도 부비고 싶어진다. 정겨운 농촌 풍경을 만끽하며 한 시간 남짓 가는 시간이 아쉬울 정도로 마음이 풍요로워지곤 한다.

올해는 뵙고 싶은 마음이 더욱 간절하다. 오륙 년 간, 아들아이가 청춘을 살라 도전한 일이 결실을 맺었기에 고인이 더욱더 그리워지는 것이리라. 이런 그립고 안타까운 마음을 녹음에 풀어 아버님께 부쳐본다.

내게는 무거운 편지 빚이 하나 있다.

이월 중순, 낯선 편지 한 통을 받았다. 요즘 보기 드문 단아한 글씨체에 반해, 단번에 봉투를 뜯었다. 간절하게 자신의 심경을 써내려간 문장이 정갈하고 탄탄한 것이 기성작가 못지않다. 어떤 통로로 알았는지 내 수필집과 편집하고 있는 절의 책자를 받아보았으면 한다는 간곡한 부탁의 글이었다. 자신의 과오를 깨닫고 봄이 오기를 간절하게 기다리는 수인의 신분임을 분명하게 밝혀놓았다.

긴 가뭄 끝, 목마른 대지에 '소통에 목마르고 세상에 목마르기는 제가 더하면 더했지…….' 이 구절에서는 그만 나도 목이 콱 메어왔다. 앞으로 이년 남짓 남은 유형의 시간을 유용하게 보낼 수 있도록 내 조언의 편지도 받고 싶다는 간절한 호소였다.

'소통' 평생토록 내가 써내야 할 수필의 화두를 목마르게 원하고 있는 것이 아닌가. 그날 밤새도록 뒤척이느라 잠을 이룰 수 없었다.

이웃과 계층, 전문분야, 심지어 부부, 자식 간에도 제일 시급한 문제가 바로 소통이 아니었던가. 눈부신 문명의 속도를

4. 사자먹통

따라잡지 못하고 서툰 인간관계는 서로의 가슴을 할퀴고 있다. 갇힌 공간의 소통보다 오히려 더 심각한 것이 열린 공간의 소통부재가 아니런가. 현대인들은 그 갈등에서 벗어나기 위해 안간힘을 쓰고 있다.

나는 녹음을 풀어 간절한 편지를 쓴다. 가난과 질병과 외로움으로 고통받는 이들에게 화해의 답장을 부치려 한다. 울분과 슬픔으로 응어리진 가슴을 눈부신 초록에 쏟아 놓으면 내 가슴, 네 가슴이 서로 맞닿아 기쁨과 사랑이 혈관을 타고 내리리라. 동트기 전의 어둠이 가장 짙듯이 질곡의 끝에선, 막힌 사상과 이념도 모두 물꼬가 트여, 화해와 안정이 찾아오리니.

오늘도 나는 녹음 속으로 몸을 던진다. 온몸으로 빚진 삶의 답장을 쓰고 있다.

창의력, 인문학에서 움튼다

글을 쓸 때마다 창의력 빈곤을 한탄할 적이 많다.

예술가는 일반인들과는 다른 눈으로 세상을 바라보고 무한한 상상력을 풀어놓는 사람이다. 생목숨을 뚝뚝 떨어뜨리는 붉디붉은 동백을 보며 가슴 에이기도 하고, 고물 대는 지렁이 한 마리에서도 무한한 생명력을 얻곤 한다. 부족한 상상력을 채우려 진시회를 둘러보고 시집을 챙겨 읽으며 시인들의 정제된 언어를 엿보기도 한다.

요즘 재계 3세 CEO들이 미술관을 많이 찾는다고 한다. 예술을 통해 '창조적 경영'을 배우기 위함이다. 과거의 성공방식으로는 첨단을 치닫는 경쟁자들을 따라잡을 수 없다. 낯선 시선으로 기존인식을 타파하고, 잠재된 가능성을 찾아내야만 살아남을 수 있기 때문이다. 예술가들의 창조성, 혁신적 발상 전환을 그들의 자구책으로 삼은 것은 바람직한 일이다.

지난해 말, 한 청년의 자살보도를 접하고 한동안 가슴이 먹먹했었다. 그는 모형자동차 설계로 세계대회를 석권한 대단한 발명가였다. 그 실력을 인정받아 카이스트에 입학했는데 두 번의 학사경고를 받고 극단적인 길을 택했다. 미적분을 포함한 고등수학이 장래가 창창한 젊은이를 죽음으로 내몰았던 것이다. 교육학을 전공한 사람으로서 현재의 교육제도에 참담함마저 느끼게 되었다. 삼십여 년 전 우리가 교육받던 방식에서 한걸음도 더 내딛지 못하는 갑갑한 교육현실에 울분이 터졌다.

눈부시게 발달하는 물질문명에 반해 인간 문화는 오히려 더 저급해져 가고 있다.

전쟁 후 반세기 넘는 동안, 우리는 경제 발전을 향해 곁눈 한 번 팔지 않고 달려왔다. 그 과정에서 눈으로 드러나는 생산 효과를 위해 개인의 삶은 희생되었다 해도 과언이 아니다.

앞으로의 사회는 양보다 질을 따지는 삶이 바람직하다. 따라서 교육의 목표도 바뀌어야만 한다. 오로지 성적으로만 평가받아온 세대는 사고력이 부실하다. 한 번도 자신의 인생에 대해 스스로 깊이 생각하고 결정할 기회가 주어지지 않았기 때문이다. 중요한 청소년기를 오로지 점수 따는 기술만 습득

한 아이들이 사회에 나와 겪는 크나큰 괴리를 어떻게 감당해 낼 수 있을 것인가!

교육채널을 통해 하버드의 『정의란 무엇인가』의 저자 마이클 샌델 교수의 강의를 보면서 참으로 부러웠다. 물론 석학의 강의도 훌륭했지만, 학생들이 거침없이 자신의 철학을 피력할 수 있는 강의실 분위기가 우리의 현실과 비교되어 우울했다.

인문학을 중요시해야 할 이유가 여기에 있다.

호기심이 없는 아이들은 질문이 없다. 질문 없는 아이들은 자라서 자신의 생각이 없어진다. 물론 토론할 줄도 모른다. 이런 아이들이 커서 반문화적 몸집만 웃자란 성인이 되는 것이다. 싸움질하는 형제더러 커서 뭐가 되려냐고 역정을 냈더니,

"국회의원 되려고요."

했다는 한 국회의원의 체험담을 우스개로만 넘길 수 없는 것이 현실이다.

우리와는 달리 미국 유명대학에 입학하려면 왕성한 지적 호기심을 입증해야 한다. 해서 개인 에세이에 비중을 두고 신입생을 뽑고 있다.

이천 년 전 사람들인 공자, 소크라테스 등이 아직껏 우리 삶에 큰 힘이 되는 걸 보면 반드시 인문학은 부활하여야 한다.

4. 사자먹통

우리가 궁극적으로 기대고 자문받아야 할 사람은 그들이다. 인문학은 인간에 대한 인간을 위한 인간에 의한 사유이기 때문이다.

고교과정에서 빠졌던 국사과목이 다시 부활하리라는 반가운 소식이 들린다. 늦었지만 매우 다행스러운 일이다.

부대끼는 삶에서 인간의 존엄성 발견

몇 년 전, 여고 졸업 30주년 기념 동창회가 있었다.

참으로 오랜만에 만난 친구들은 신기하게도 사춘기적 나에 대한 기억을 선명하게 술회했다. '눈썹이 짙고, 잘 웃고, 얘기를 맛깔스럽게 했다.' 거침없는 친구들의 말을 듣고 보니 지금은 드라마 작가가 된 한 친구와 실랑이를 벌였던 일이 생각났다.

중3, 어느 체육 시간에 그 친구는 당번이어서 교실을 지키고 있었다. 그즈음 내가 글을 긁적거리는 것을 눈치챈 친구는 그것을 찾아 읽었던 모양이었다. 체육을 끝내고 교실에 들어서는 나를 보며 야릇하게 생글거렸다. 혼자서만 즐기던 유희를 들켜버린 무안함 때문에 그 친구에게 지나치게 화를 내고 며칠 간 말도 안 했었다.

그 친구는 요즘 동인지를 부쳐주면 "네 글에서는 따뜻한 체온이 느껴진다."라는 긴 편지를 부쳐오곤 한다. 나로서는 같은 길을 가는 친구로부터 과찬을 받고 있는 셈이다.

어릴 적, 내가 쓴 그 최초의 소설(?)도 이성에 갓 눈뜬 소년이 백혈병으로 죽고 마는 풋사랑이 줄거리가 아니었나 싶다.

내 의식의 망에는 끊임없이 사람의 냄새가 건져진다. 질곡의 삶을 사는 사람들의 아픔이 진한 통증으로 전해온다. 소재를 건져 올려 풀어낼 때마다 내 문학에 영향을 끼친 두 분의 말씀을 좌우명처럼 떠올리곤 한다.

지금은 고인이 되신 임영조 시인과 친구의 어머니이기도 한 소설가 박완서 선생님의 말씀을 통해 문학인의 자세를 잊지 않으려 하고 있다.

임영조 선생님은 시 「시인의 모자」에서 "시인이란 대저,/ 한평생 제 영혼을 헹구는 사람/ 그 노래 멀리서 누군가 읽고/ 너무 반가워 가슴 벅찬 올실로/ 손수 짜서 씌워주는 모자 같은 것"이라고 시에 임하는 시인의 자세를 분명하게 드러내고 있다. 이처럼 그 분은 작가란 모름지기 한눈을 팔지 않고 작품으로만 말해야 하는 것임을 자주 말씀하시곤 하였다.

1983년 태평양 화학 사보 『향장』의 여성문예 공모에 콩트 「내식대로 살아야지」가 뽑혀 선생님과 인연을 맺었다. 그후 돌아가시기 전까지 끊임없이 격려해주시고 내 게으름을 일깨워 주셨던 선생님이 무척이나 그립다.

박완서 선생님은 어느 인터뷰에서 '쓰고 싶은 마음이 가슴 속에 차올라 도저히 쓰지 않고는 죽을 것만 같다. 이처럼 절박할 때에만 펜을 들어라'고 하신 걸 기억한다.

늘 북적거리는 대가족 안에서 자라서인지 사람 사는 구석구석이 궁금하고 신기하고 감동적이다. 그렇다고 모든 사람들을 다 살펴볼 수는 없는 일이니, 간접 경험을 많이 할 수 있는 〈인간극장〉〈병원24시〉 등의 다큐멘터리는 가능한 한 보려고 한다. 내가 직접 겪을 수 없는 엄청난 일들이 그곳에서는 다반사다. 불과 한두 시간의 시청을 통해 내가 얻는 효과는 몇십 배, 몇백 배가 된다. 또 인간의 삶을 함축하고 있는 시집을 많이 읽는다. 시 한 행, 한 행에서 풀려나오는 그 방대한 파노라마를 은밀하게 즐기곤 하는 것이다. 그리고 괜스레 시인이 부러워서 딴죽을 걸곤 한다.

4. 사자먹통

언어의 혼불을 지피신 분들

　내 문학에 영향을 끼친 세 사람 중, 두 분은 벌써 이 세상 사람이 아니다.

　처음으로 내게 책 읽기의 재미를 붙여준 사람은 친정오빠다. 남아선호사상이 심했던 시절, 오대 종손인 오빠는 온 집안의 총애를 받으며 성장했다. 나보다 다섯 살 위였는데 이목구비가 수려하고 피부마저도 희어서 귀태가 났다. 어린 눈에도 근사하게 보이는 오빠 뒤를 졸졸 따라다니며 일거수일투족을 따라 했었던 것 같다.

　책이 귀하던 시절, 중학생인 오빠는 하굣길에 만화방에서 무협소설을 자주 빌려 왔다. 저녁 먹은 후부터 서너 시간 걸려 오빠가 읽고 난 책을 자정 너머까지 졸린 줄도 모르고 읽어냈다. 다음날이면 빌린 책을 반드시 반납해야 하기 때문이다.

그때 탐독한 서사체의 역사소설들은 내게 상상력을 풍부하게 하는 원동력이 되었다.

중학교에 입학하고 보니, 국어 시간 말고도 작문수업이 따로 있었다. 서울사대 출신인 김용완 선생님은 작문숙제를 많이 내주셨다. 학원이 따로 없던 시절, 운 좋게도 언어 훈련을 체계적으로 배울 기회가 온 것이다.

예를 들어 한 낱말의 유사어를 열 개 이상 써오라는 까다로운 과제였다.

노랑- 노랗다, 샛노랗다, 누렇다, 싯누렇다, 노릇노릇하다, 누릇누릇하다, 누르스름하다, 노르댕댕하다……. 마치 귀한 알사탕을 혀끝으로 녹여내는 것처럼 언어의 유희에 빠져들었다.

모교 졸업 30주년 행사에 참석하니, 마침 작문선생님이 총동문회장을 맡고 계셨다. 그 시절을 회상히며 선생님 덕분에 글을 쓰게 되었다고 말씀드렸더니 눈물까지 글썽이며 대견해하셨다.

나의 글쓰기에 주춧돌을 놓아주신 분은, 2003년에 타계하신 임영조 시인이다.

팔십 년대 초, 태평양화학 사보 『향장』의 여성문예 공모에 당선되었다. 출판과장이던 임영조 선생을 시상식장에서 처음

뵀는데 「내식대로 살아야지」라는 내 콩트를 극찬해주셨다. 심사위원장은 소설가 이동하 선생이었다.

『경남문학』에 수필로 등단한 1990년, 서울에서 먼저 아시고 소설 등단이 아닌 것을 아쉬워하면서도 기뻐하며 꾸준히 쓰기를 당부하셨다.

고 임영조 선생은 시집『시인의 모자』에서 "독자보다 시인이 더 많다는 나라에서 내 시집인들 무슨 힘과 행복을 보장하랴. 허나 이 미완의 시집을 세상에 디밀며 나는 간절히 소망한다. 가장 좋은 시, 가장 훌륭한 시를 쓴 시인으로 남기보다 진짜 좋은 시 한 편 얻기 위해 평생을 노심초사한 시인으로 기억되기를."이라고, 글 쓰는 사람의 신중하고 겸허한 자세를 일깨우셨다.

이팝나무 꽃이 흐드러지게 피는 계절이 오면 먼저 가신 오빠와 임영조 선생님이 그리워 가슴이 저리다.

소통을 위하여

1.

아직도 나는 수필 쓰는 일이 서툴다. 텅 빈 원고지를 마주하면 막막해진다. 초경을 겪던 새벽처럼 생경해 낱낱의 세포가 곤추서곤 한다. 그렇기에 열락과 고뇌는 내 글쓰기의 이중 기저인 셈이다.

수필집을 내고, 혈육으로부터 '편안하게 읽히지 않는다.'는 충격적 말을 들었다. 덜 익어 시고 떫다는 걸까. 수필로선 치명타다. 정곡을 찔린 나는 참으로 부끄러웠다.

편안하지 않다는 것은 무슨 의미였던가. 아마도 글에 여백이 없다는 뜻일 게다. 남의 옷을 걸친 것처럼 사유와 언어가 밀착되지 못한 채, 겉돌고 있는 것을 꿰뚫어 본 것이 아니런가.

발목 잡힌 자리에서 옴짝달싹 못 하는 나의 자화상을 그대로 비춰낸 거울, 자연과학자의 촌철살인은 느슨해진 나사를 조이고 있다.

2.

사람이 아름답다는 생각에는 아직도 변함이 없다. 허공에 걸린 무지개나 꽃보다도 질척이는 삶에 뿌리를 내려 연꽃으로 피어나는 사람이 저리게 고맙고도 눈물겹다. 그 곤고한 삶의 무늬를 수놓고 싶다.

물질문명이 발달할수록 사람들은 점점 더 외로워진다. 문명의 이기에 자신을 가둔 채, 메말라가고 있다. 직장에서 학교에서 심지어 가족 간에도 대화는 줄어들어 자신도 모르는 사이 자폐증이 깊어진다. 닫힌 마음 간의 소통을 위해 글을 쓴다.

문학은 자기만족으로부터 시작하는 지극히 사적인 행위이나 독자로부터도 글쓴이의 이상이 반영돼야 한다. 수필은 어느 문학 장르보다도 더 솔직하게 자신을 드러내는 글이라, 글쓴이와 읽는 이의 공감대가 쉽게 이뤄지는 것이 큰 장점이다. 그러나 장점이 함정이 되는 모순을 품고 있다.

'있는 그대로'를 드러내는 것은 한 인간의 성실성을 가늠하는 잣대는 되어도 작품의 예술적 완성도를 가늠하는 잣대는 될 수 없다.'라고 한 장경렬 교수의 말처럼 누구나 쉽게 접근해 붓 가는 대로만 써서는 성공할 수 없는 글이 수필이다.

윤오영의 「달밤」 같은 수필로 마음 길을 열어 허전한 삶에 온기로 남을 수만 있다면…….

내 문학을 틔운, 외로움

『창원문학』이 올해로 스무 살이 되었다. 사람으로 치자면 성년이 된 것이다.

칠십 년대 말, 창원에 발 디뎌, 삼십여 년간 공단의 발전을 체험한 나로서는 감회가 특별하다.

처음 남편의 근무지를 찾아갔던 날이 생생하게 떠오른다. 마산 고속버스 터미널에서 내려 택시를 잡아타고 창원으로 들어왔는데 택시기사도 창원지리를 확실히 몰랐던지 엉뚱한 곳에 내려놓고 달아나 버렸다.

바둑판같이 직선으로 뻗은 대로엔 차는 물론이고 지나다니는 사람조차 없었다. 너무나도 생경한 풍경에 내가 혹 유령의 도시에 불시착한 것이 아닐까 하고 정신이 아득해져 왔다. 햇볕이 유난히 따갑게 내리쬐던 그 나른한 오후의 기억은 머릿

속이 하얗게 비워지는 절망으로 남아있다.

첫아이를 낳고 이십여 일 만에 창원으로 내려와 열 평짜리 아파트에 둥지를 틀었다.

이른 새벽, 푸른 죄수복 같은 작업복을 입고 남편이 출근하고 나면, 늦은 밤 퇴근해 올 때까지의 열댓 시간의 무료함을 홀로 견뎌야 했다. 그 기나긴 시간의 기다림은 조급증을 내던 내 젊은 혈기를 다스리는 계기가 되었다. 낯선 곳에서, 초보엄마 홀로 간난쟁이를 키우는 일은 살얼음을 디디듯 불안한 일이었다.

미당 선생이 자신을 키운 팔 할이 바람이라고 했듯이 내 문학을 키운 것은 외로움이었다. 계절의 흐름 따라 변화하는 사물의 편린들이 내부로 스며들어 고스란히 서정으로 자리 잡혔다. 배고픔보다도 훨씬 더 고통스러운 외로움이 뼈에 사무쳤다. 삼십 년이 훌쩍 흐른 지금도 그 시절을 떠올리면 삼복더위에도 한기가 든다.

당시 조선일보에 「공중전화」라는 원고지 오매 가량의 독자 투고란이 있었다.

까치가 둥지를 트는 모습, 억새의 은물결, 장롱 틈새에 들어와 우는 귀뚜라미, 장마 끝에 삼 층 베란다까지 올라온 청개구리 등, 자잘한 일상의 감상을 적어 보내는 쪽쪽 실리는 재미로 다섯 번쯤 투고했다. 고료도 몇 만 원 받아, 책 사는데 요긴하게 썼던 것 같다.

어쭙잖은 글을 인정받았다는 자기만족과 그걸 통해 두절됐던 친구로부터의 소통이, 내 칩거생활을 양지로 전환하는 계기가 되었다. 그뿐만 아니라 학창시절의 현학적, 사변적 글쓰기에서 벗어나 생활에서 체험한 진실한 글쓰기를 지향했다.

창원은 중공업단지의 특성상, 종사하고 있는 근로자들의 정서가 메마른 편이다. 회사 사보 편집에 관여하면서 기회 있을 때마다 근로자들의 감성을 키우려 독서 장려와 문화적 체험을 유도하였다. 그 시절, 창원에는 구색을 갖춘 서점조차 없었다. 삼십여 년 전에 비해, 창원의 경제발전은 눈부신 반면 과연 문화적 발전은 어느 정도 균형을 이루었는지 시정 정책자들과 시민이 머리를 맞대고 함께 연구할 때가 온 것 같다.

문학은 자기만족으로부터 시작하는 극히 개인적인 일이나 나아가, 몸담고 있는 사회에 기여하는 부분도 있어야 한다. 창원문인협회의 회원이 된 지 이십 년째, 과연 나는 창원시민들의 정서함양에 얼마만큼의 도움이 되었는지를 되돌아볼 시점이다. 아울러 창원문인협회 이십 년은 회원확보는 괄목할만한데 문학적 자질 면에서는 얼마큼의 발전을 가져왔는지 뼈아픈 반성이 필요한 때인 것 같다.

내 작은 뜰

적어도 한 번쯤 한란처럼 영혼이 청신할 적이 있었는가, 어둑새벽 얼굴 내민 나팔꽃처럼 해맑간 미소로 다가 선 적이 있는가. 삶의 굽이를 혼신을 다해 끌어올린 적이 있었던가. 공작선인장이 활화산처럼 꽃봉오리를 터트리고 혼미했던 정신이 화들짝 깨어난다.

장군(요크셔베리아, 십사 세)이와 놀면 시간 가는 줄 모르고 베란다에서 식물을 매만지는 동안이 가장 보람된 시간이다.

이른 봄, 제일 먼저 천리향이 향긋한 봄소식을 전해오고 재스민도 화한 향기로 발걸음을 머물게 한다. 사랑초와 아프리카바이올렛과 별꽃 같은 줄란은 사시사철 피어나 즐거움을 주고 군자란과 수선화도 철을 알고 고맙게도 제때 찾아와 준다.

꽃 피우는 시간이 가장 짧은 노랑붓꽃은 미쳐 그 섬세한 꽃잎을 감상할 새도 주지 않고 토라져 콩처럼 몸을 말고 만다.

 십여 년 전, 양촌 온천엘 갔다가 좌판 할머니에게서 싹 틔운 대렵풍란을 샀다. 제주도 돌 화분에 정성 들여 분갈이를 했건만 잎만 듬직하고 꽃 피울 염은 없는 것 같았다. 난 전문가에게 자문을 받으니, 시월에 물을 굶기란다. 그러고도 이태를 실천에 옮기지 못했다. 나 좋자고 어찌 가여운 것을 목을 바싹 타게 한단 말인가! 한 날, 눈 질끈 감고 누렁 잎이 지도록 물을 주지 않았더니 이듬해 봄, 무려 꽃대를 네 개나 밀어 올려 한 대궁에서 많게는 열두 송이까지 꽃을 피우지 않았던가. 감격하여 실내에 들여놓고 짙은 향에 달 떠 종일 풍란 언저리를 맴돌게 된다.

 거제 청마 생가에 문학기행을 다녀오던 날이었다. 비를 맞고 오도카니 떨고 있는 보랏빛 수국에 마음을 온통 빼앗겼다. 기어이 장만한 수국은 하늘에 가까운 십오 층 베란다에서도 무리였나 보다. 채광이 좋아도 지심을 받아야 튼실한 꽃을 피우려나, 항상 좁쌀같이 자잘한 꽃망울을 피워 올린다. 그래도 해를 거르지 않으니 이 얼마나 다행한 일이런가.

 원광스님께서 주신 작은 맨드라미 분에서 저절로 씨앗이 떨어졌던지, 봄이면 새순이 소복하게 올라온다. 식물도 생존이 치열한지 튼실한 놈만 몇 대궁 자라, 쌈닭같이 검붉은 볏을 피워 올린다. 올해는 지루한 장마 통에 어린싹이 물커졌는지 아직도 꽃을 피우지 않고 있다. 코를 박고 들여다보니, 안쓰럽게도 이제 겨우 깨알 같은 꽃망울이 맺혀있다.

꽃 피우는 식물만 내 맘을 사로잡는 것은 아니다. 당숙에게서 얻어 올 땐, 한 뼘 정도의 관음죽이 아이들 나이만큼 성장하여 키를 능가하고, 오일장에서 불과 몇천 원에 장만한 켄자야자, 소철도 이십 년 넘게 물만 먹고 자라, 무성한 숲을 이뤘다. 무더운 날엔 남양군도 어디쯤 피서 와 있는 양, 착각이 들 때가 있다.

하루 대부분을 내 작은 뜰에 앉아, 덜 여문 영혼을 빛바래기 하고 있다.

소박미

어느덧, 삽상한 바람이 살갗에 와 닿는다. 내리쬐는 햇살도 싫지만은 않다. 가을볕은 사그라지는 작은 생명에도 눈길을 쏟게 한다. 고물고물 기는 개미도 화분을 어지럽히는 괭이풀조차도 눈물겹다. 가을볕은 또한, 눅진한 마음을 고슬고슬 말리는 데도 효험이 있다. 짙푸른 하늘은 오그라들었던 마음을 넉넉하게 만든다.

꽃밭에 물을 준다. 허리통증으로 오랫동안 화초를 돌보지 못했더니 가엾게도 시들시들 말랐다. 상록수 잎도 노랗게 물들었다. 낙엽이 져도 내년 봄, 싹 틔울 것이라 믿기에 맘 편히 고운 빛깔을 즐기기로 했다.

앙증맞은 꽃 한 송이가 화분 바닥에 붙어 피어 있다. 햇볕을 쬐려 발딱 젖힌 고개가 안쓰럽다. 여름 나절 내내 기쁨이었던 나팔꽃이 아닌가! 이미 줄기가 누렇게 변해 씨방이 여물면 흩어지기 전에 씨를 받아 친구들에게 보낼 작정이었다. 열악한 공간에서도 불평 없이 피어나는 대견스러운 나팔꽃.

십오 층 공간의 삭막함을 달래려, 꽃을 화분에 키우기 시작했다. 처음엔 팬지, 베고니아, 아프리카 바이올렛, 재스민 등 외래종 화초를 키웠었다. 그러다 우연한 기회에 나팔꽃 맨드라미와 인연이 닿았다. 씨를 받아 뿌리지 않아도 이듬해에 요술처럼 제 화분에서 싹을 틔웠다. 그리고 별 관리 없이도 무럭무럭 자라나 잎을 피우고 아름다운 꽃을 피운다.

이제 나의 관심은 온통 토종 꽃에만 쏠려있다. 화려한 모양과 향을 지니지 않았으나 그 수수한 모습에 넋을 빼앗기는 것이다. 꽃뿐만이 아니라 잎에도 살가운 정이 간다. 나팔꽃잎은 순수한 심장박동을 전해 주는 듯, 선명한 하트모양이다. 맨드라미의 잎은 단순한 녹색이 아니다. 꽃잎처럼 짙은 자주 테두리가 잎사귀를 감싸고 있다. 이런 소박한 화초로부터 받는 위안은 값비싼 보석에 비할 바가 아니다.

햇볕이 내리쬐고 통풍이 잘되는 곳에는 수국과 맨드라미 분을 앉혔다. 여러 해 키우며 터득한 요령이다. 주인의 배려에 보답이라도 하려는지 철도 잊고, 엄지손톱만 한 수국꽃송이가 배꼽처럼 웃고 있다. 맨드라미도 검붉은 꽃송이를 피웠다. 구불구불한 꽃잎이 마치 레이스장식같이 곱고도 단아하다. 선홍색 꽃이 고등학교졸업식에 참석했던 친정어머니의 모습을 떠올리게 한다. 참으로 고우셨다. 찬바람에 천식이 도지지나 않았는지 전화라도 드려야겠다.

깊숙이 들어온 가을볕을 쬐며 옛 앨범을 뒤적인다. 이십 대의 나의 치장은 꽤 번쩍였다. 지난날의 내 겉치레가 민망스러워 얼굴을 붉힌다. 젊음은 그 자체만으로도 눈이 부신 것을 그 시절엔 몰랐다.

성숙한 사람은 내면이 절로 배어 나와 치장을 하지 않아도 곱다. 지나친 치장은 오히려 본래의 아름다움을 반감시킬 수 있다. 갸름한 얼굴윤곽이 돋보이는 여인이 팔찌만큼 둥근 금속성 귀걸이를 달았다고 한다면, 본래의 수려한 목선이 가려지고 화려한 장신구만 눈에 들어올 것이다.

문장도 마찬가지인 것 같다. 끓어오르는 생각을 가라앉힐 수 없을 때, 미사여구를 동원해 문맥을 어지럽히게 되지 않던가.

나이 들수록 자연스럽고 소박한 것에 마음을 줄 때가 많다.

전남 담양에 있는 소쇄원에 갔을 때, 그 빼어난 경관에 온통 빠져들었다. 흐르는 계곡을 그대로 살려 그 곁에 소담한 정자를 앉혔다. 주변 산세와 지형을 흩트리지 않으면서 적절한 곳에 집을 짓고 정원을 꾸민 세련미에 감탄이 절로 솟았다. 집주인 양산보의 품성과 안목을 엿볼 수 있어 가히 조선 중기의 명원名苑으로 꼽힐 만했다. 그래서 소나무 작가 배병우가 '영혼의 정원'이라고 일컬었나 보다.

윤선도가 귀양 가서 지내며 만들었다는 보길도의 세연정도 마찬가지였다. 사람의 손을 거쳐 만들어진 정원이라고 믿기지 않을 만큼, 자연과 어우러져 아름다웠다. 무구한 정신이 배어 있었다.

절제된 조형, 담백한 색의 조화가 아름다움으로 승화된 고려청자, 조선정원. 한국 문화의 계승도 이런 빼어난 전통미를 살리는데 정성을 기울여야 할 것이다.

서울 세종로에 한글날에 맞춰, 세종대왕 동상을 설치했다. 백성의 불편함을 덜어주고자 한글을 창제하신 세종대왕의 큰 뜻을 기려 진즉 해야 했을 일이었디. 주번에 수많은 조형물과 꽃밭과 분수대의 지나친 치장은 오히려 세종대왕의 깊은 뜻을 어지럽힐 것만 같다.

어디, 서울뿐이랴. 각 지방자치 단체 축제에 참가해 보면 그 지역만의 전통을 살린 상징물은 정말 보기 드물다. 천편일률적 행사를 지역마다 똑같이 되풀이하고 있다. 한철, 보이기 위주의 축제를 관람하고 돌아서는 마음이 허전하고 쓸쓸하다.

4. 사자먹통

꾸미되 드러내지 않고, 고아한 미를 창출했던 우리 선조들의 지혜가 마냥 아쉬운 즈음이다.

지나친 짜임새나 현란한 색상보다 수수하고 소박한 것의 아름다움에서 인간은 편안함과 즐거움을 느끼는 것 같다.

블랙홀, 25시

정상적이라면 하루 스물네 시간이 지나가면 새로운 내일을 받아들이는 것이 당연하다. 그런데 누구에게나 공평하게 분배된 실존의 시간이 유독 내게만 비껴가고 있다.

마치 과거와 미래시간의 연결고리가 늪에 잠겨 녹아 없어진 것처럼……. 블랙홀이 있다면 이런 상태를 지칭하는 것이 아니겠는가.

지나온 세월에 애착이 많아 다가올 시간이 두려워서라면 다소 이해가 가는 일이지만 내 경우는 전혀 반대이다.

이것도 저것도 불투명한 막연한 젊음이 불안했다. 이상과 현실과의 거리가 까마득해 살처럼 시간이 흘렀으면 싶었다. 좀 더 솔직한 심정은 나에게 주어진 삶을 인정하고 아득한 목표를 향해, 혼신을 다해 달릴 자신이 없었다.

둘러보면 온통 불온한 것투성이다.

아무 이유 없이 무고한 사람들에게 칼부림하고, 손녀 같은 어린애를 마구잡이로 성폭행하는가 하면 용돈을 넉넉하게 주지 않는다고 맨주먹으로 부모를 쓰러뜨리는 일도 다반사다. 온전한 정신으론 받아들이기 힘든 일이 눈만 뜨면 곳곳에서 벌어지고 있다.

사람의 혼이 깃든 세상이 아니라 마치 약육강식의 암호로 철저하게 조작된 로봇이 지배하는 외계에 헛발을 내디딘 것만 같다.

하루를 마무리하고 잠드는 것도 밝은 새날을 맞이하는 것도 두렵기만 하다. 째깍째깍 돌아가는 물리적 시간에서 벗어나 따뜻한 정이 흐르는 시간을 바라는 것은 나만의 고루한 생각인가…….

스마트폰의 가벼운 터치 하나로 무엇이든 예약이 가능하고 가만히 앉아서도 천 리 밖 소식을 한눈에 꿰는 시대가 왔다. 손바닥만 한 기계 하나가 수백 가지 일을 치러내니 요술방망이가 따로 없다. 시대에 뒤떨어질세라 걸음마도 채 못 뗀 코흘리개가 손끝은 자유자재로 전자 터치를 하고 있다.

이 때문에 정신의학계에서는 크나큰 걱정거리가 생겼다.

ADHD(주의력결핍 과잉행동장애) 어린이가 무려 30% 이상 증가했다고 한다. 남녀노소 할 것 없이 기계 속에 함몰되어 자존감을 잃고 제 뿌리조차 망각하는 시대에 살고 있다.

그런데 내 생각은 자꾸 화석화되어 뒷걸음질치고 있다. 눈 깜빡할 사이에 휙휙 지나가는 초음속의 시간이 두렵기만 하다.

동굴 속에 갇혀 홀로 떨고 있는 진화 덜 된 내게도 나름의 생존법은 있다.

이른 아침, 해맑게 반기는 나팔꽃 한 송이, 벤자민 햇순이 여린 손을 내밀어 불안한 내 의식을 희망으로 뿌리내리게 하기 때문이다.

5. 멋과 향의 도시, 파리

멋과 향의 도시, 파리

여행 일정이 잡히고 나면 여행지에 대한 환상이 부풀어 일상이 제대로 이뤄지지 않는다. 더군다나 이번 목적지는 파리이기에 기대치가 각별했다.

비상약과 일주일 치의 옷가지들과 우산과 모자 등, 빈틈없이 여행 가방을 싸노라면 복에 겨워서 귀찮다는 생각이 잠시 들기도 한다.

그러나 목적지가 어디인가, 세계예술을 주도한다는 파리가 아닌가. 요즘 들어 젊은 예술가들은 뉴욕을 선호한다지만 그래도 예술의 본고장은 파리가 마땅하다. 미술관만 해도 파리 주변에 육백 개가 넘는다고 한다.

"미술관은 긴 호흡으로 역사를 구축하고 기억을 활성화하며 세월 속에 되새김한 작품들로 과거 · 현재 · 미래를 연결한다."

한국·스페인 수교 육십 돌 기념 전시회를 위해 내한한 바리토메우 마리 스페인 미술관 관장의 말이다.

십여 년 전부터 벼르던 여러 곳을 여행했으나 정작 예술의 발상지인 파리, 이탈리아는 아껴 두었다. 기다린 보람이 있었던 걸까, 경남예총의 세미나가 파리에서 열리게 된 것은 내겐 큰 행운이었다.

십육강, 염원을 품고 인천 공항을 날다

지방에 사는 것이 이럴 땐, 말할 수 없이 불편하다. 서부 경남 회원들이 진주에서 오전 여섯 시 삼십 분에 출발한 버스에 이곳 회원은 일곱 시 삼십 분에 도청에서 합류하여 김해공항으로 이동하였다.

수속을 마치고 김해공항에서 바로 파리까지 짐을 부칠 수 있어서 홀가분했다. 안개가 짙게 끼어 비행기가 못 뜰까 봐 은근히 걱정이 앞선다. 김해에서 아홉 시 삼십 분 발 비행기가 혹시 뜨지 못하면 인천공항에서 출발하는 오후 한 시 이십 분 파리행 비행기를 놓칠 수도 있기 때문이다. 다행히 행운의 여신은 우리 편이어서 차질 없이 인천공항에서 파리로의 대장정을 시작할 수 있었다.

파리까지의 거리는 멀고도 멀었다. 무려 열두 시간이나 걸렸다. 나의 탑승시간 중 단연 최고다. 마침 수필가협회 정목일 이사장과 옆자리에 앉아, 유익한 얘기를 많이 나눌 수 있어 시간 보내기가 한결 수월했다. 파리는 우리나라와 무려 여덟 시간이나 시차가 났다. 썸머타임제를 적용해서 시계는 일곱 시간 늦게 맞추면 되었다.

파리 드골공항에 현지시각 저녁 여섯 시 이십 분에 도착했다. 위도가 우리보다 높은 관계로 일곱 시가 넘었는데도 대낮처럼 환하다. 이곳은 백야까지는 아니더라도 밤 열 시를 넘어서야 비로소 해가 진다고 한다.

현지가이드는 얼떨떨해하는 우리를 저녁이 예약된 한국식당으로 안내했다. 부글부글 끓는 김치찌개를 먹는데, 찜통더위 때문에 먹는 둥 마는 둥, 좁은 식당에서 빠져나왔다. 나중에야 안 사실인데 프랑스는 녹색성장을 철저히 지키는 나라이어서 건축할 때, 단열을 반드시 하고 에어컨 등 냉난방 설치를 따로 하지 않는다고 한다.

남자들의 관심사는 오로지 한국과 나이지리아의 축구게임이다. 재촉 끝에 호텔로 급히 이동한 후에도 짐 푸는 것은 뒷전이고 로비의 티브이 앞에 모여들었다. 엎치락뒤치락 끝에 나이지리아와 2 대 2 무승부로 끝났으나 우리 팀은 십육강에 올랐다. 허정무 감독의 환한 얼굴에서 성취의 기쁨을 맛보며 파리 여행의 무탈을 점쳐본다.

콩코르드 광장의 이중성

콩코르드 광장은 루이 15세 시대의 건축가, 가브리엘이 1755년부터 1775년까지 무려 이십 년에 걸쳐 세운 광장이다. 중앙에는 이집트의 부왕이 샤를르 5세에게 헌납한 오벨리스크가 우뚝 서 있고, 양쪽에 두 개의 분수대와 여인상이 광장 둘레를 호화롭게 장식하고 있다. 오벨리스크는 고대 이집트 신전 정면에 세운 두 탑 중 하나였는데 말이 좋아 헌납이지 프랑스가 강탈해온 것이나 다름없다.

1789년 프랑스 대혁명 당시, 국왕 루이 16세와 왕후 마리 앙투아네트 등 일천육백 명가량의 사람들이 이 광장에 설치된 단두대에서 이슬로 사라졌다고 한다.

프랑스 대혁명 기념일을 앞두고 광장 단장을 열심히 하고 있다. 축제를 위한 조형물인 듯, 거대한 오랑우탄이 묶여 있는 트럭이 자유 광장 가장자리에 놓여 있다. 굵은 쇠사슬에 묶여 있는 오랑우탄은 고향을 떠나온 오벨리스크의 신세처럼만 느껴졌다. 약탈물이 전시된 자유 광장, 이 얼마나 아이러니한 역사인가.

콩코르드 광장을 중심으로 일어난 프랑스 혁명은 영국의 산업혁명과 함께 시민혁명으로서의 가치가 크며, 이를 계기로 봉건귀족제도가 막을 내리고 비로소 민주주의가 확립되었다.

멀리 바라다뵈는 에펠탑 좌우로 자유의 물결처럼 제트기가 나르고, 우리는 경남예총 현수막을 앞에 두르고 떠들썩하게 단체사진을 찍었다. 이 모습을 보며 파이팅을 보내오는 파리 시민들의 환한 미소가 눈부시다.

공교롭게도 내일부터 지하철, 버스 등 모든 대중교통의 파업이 시작되면 일정에 차질이 생길지 모르겠다고 가이드가 큰 걱정을 했다.

호화로움의 극치, 베르사유 궁전

베르사유 궁전은 파리 근교의 베르사유에 있는 바로크 양식의 대궁전이다. 1624년부터 2년에 걸쳐서 지은 조그마한 벽돌 건물을 루이 14세의 명에 의해 1661년부터 1689년까지 무려

28년에 걸쳐 증축했다. 정면 중앙 부분은 옛 건물을 보존하여 이질적이나 정원 쪽 건축물은 유럽을 제패한 왕에게 어울리는 절도와 위용을 갖추어 각국 궁전의 전범이 된다. 호화로운 내장은 르브룅, 장대한 정원은 르노트르, 건축은 르보. 망사르가 담당했다고 한다. 지금은 방대한 규모의 궁전 내부가 회화, 조각의 박물관으로 유용하게 쓰이고 있다.

루이 14, 5세 때는 오천여 명의 귀족이 베르사유 궁 안에서 함께 생활했다고 한다. 왕권 강화를 위해 지방에 흩어져 있는 귀족세력을 집중시킨 절대왕권의 보이지 않는 암투가 화려한 장식 밑에서 서늘하게 뿜어져 나오는 것만 같다.

궁전 중앙 홀에는 다비드가 그린 나폴레옹 대관식 대형그림(삼백 호?)이 있는데 이것은 나폴레옹 멸망 후, 다비드가 벨기에 망명지에서 나폴레옹을 그리며 다시 그린 그림이고 원본은 지금 루브르 박물관에 걸려 있다.

세계 곳곳에서 온 많은 단체 관광객들에 떠밀려 잠시 쉴 여유도 없다. 잠깐이라도 한눈을 팔았다가는 일행을 놓쳐 헤매기에 십상이다. 아무리 좋은 것도 지나치면 부족함만 못하다고 수십만 장의 그림을 대충 훑어보고 얼른 궁 밖으로 빠져나왔다.

정원에서 불어오는 바람이 가슴속까지 시원스럽게 훑어 내린다. 호수 위에 펼쳐진 쪽빛 하늘과 뭉게구름, 아, 이것이 파리의 예술과 자유의 진면목이 아니런가. 가까이 있는 시조시인 이우걸 선생과 시원스러운 풍광을 잡아넣어 사진 한 장씩을 찍었다. 궁전을 감싸고 있는 넓은 숲은 왕실전용 사냥터였다고 한다.

피곤한 다리를 끌고 버스에 올라 저녁식사를 할 식당으로 향했다. 창밖으로 보이는 풍경이 한가롭다. 플라타너스 가로수 밑으로 개를 데리고 산책하는 젊은 여성이 눈에 띄었다. 집에 두고 온 애완견 장군이가 눈에 밟혀, 가슴 한쪽이 아릿해 온다. 말 못 하는 짐승도 오랜 시간 같이하다 보니 눈치가 구단이라, 큰 여행 가방을 끌고 나오니 눈물까지 글썽거렸다.

오늘 저녁 메뉴는 현지식 달팽이 요리다. 프랑스 사람들이 이 요리를 먹기 위해 일주일 일한다는 말을 들은 것도 같은데 차려진 그 유명한 달팽이 요리는 기대에 못 미쳤다. 둥근 홈이 대여섯 개 파인 접시에 달팽이가 담긴 조촐한 음식이다. 달팽이 몇 알갱이 되지 않아도 음식값이 꽤 비싼 모양이다. 가이드는 접시 바닥에 고인 올리브유까지 빵에 찍어 먹으라고 시식 법을 강조한다. 프랑스를 대표할 요리라지만 내 입맛엔 신김치 쭉 찢어 밥술 위에 얹어 먹고 싶은 마음 굴뚝같았다.

시침은 아홉 시를 넘었는데도 해는 아직 중천에 떠 있다. 오늘부터 나흘은 같은 숙소에서 묵게 된다. 내일부터 새벽에 보따리 꾸려 출발하지 않아도 된다는 말에 긴장이 풀린다. 일행들도 같은 심정인지 해도 떨어지지 않은 훤한 시간에 침실로 들어가기가 억울했나 보다.

호텔 뒤 잔디밭에서 친화의 시간을 가졌다. 그렇다, 예술은 사람으로부터 발생하는 행위다. 경계를 허물고, 진정한 소통이 이루어져야만 예술적 혼도 서로 승화시킬 수 있는 것이 아니겠는가.

집행부에서 애써 준비해온 마른안주를 풀어놓고 소주잔이 몇 순배 돌았다. 얼굴들이 불콰해지자 각자의 방법으로 자신들을 소개했다.

회의를 성공적으로 마치려면 몇 가지 선행되어야 할 조건이 있다. 뜨거운 사우나에서 서로의 알몸을 허물없이 보여준 연후에 맛있는 음식을 들고, 배까지 든든하면 아무리 골치 아픈 주제도 술술 일사천리로 풀린다는 얘기를 책에서 본 것 같다.

오늘 우리는 전 과정은 생략했더라도 달팽이 요리에 제고장 포도주로 경직된 몸을 다스렸으니 앞으로의 일정은 순풍에 돛 단 듯, 순조롭게 진행될 것이 아닌가.

5. 멋과 향의 도시, 파리

225

노트르담 대성당의 안과 밖

우리가 묵은 호텔이 파리 외곽에 있기에 파리 중심으로 들어가려면 고속도로를 이용해야 된다. 뉴스는 오늘부터 대중교통 파업이 시작되었다고 전한다. 고속도로 가에 짙은 보라색 엉겅퀴가 무심히 피어 흔들리고 있다.

노트르담 대성당은 씨테 섬에 있다. 씨테 섬은 여의도처럼 센 강 지류에 있다. 1163년부터 1345년까지 무려 삼세기에 걸쳐 건축된 노트르담 대성당은, 프랑스 고딕건축 최고의 걸작으로 일컬어진다. 십구 세기 비올레르 두크에 의해 복원되었으며 오랫동안 프랑스 역사의 중요한 증인이 되어왔다.

이곳 역시 수많은 단체관광객들로 너른 광장이 복닥거린다. 정문 이 층 중앙의 원형조각이 참으로 섬세하고 아름답다. 이렇게 섬세하게 조각 할 수 있었던 것은 건축재인 사암이 우리나라의 화강암보다 훨씬 더 연하기 때문이란다. 건축물 조각을 해 놓으면 풍화에도 강해, 영구보전이 가능하다고 하니 참 축복받은 나라다. 건축자재로 쓰임새가 컸기에, 고속도로를 달리다 보면 채석을 마친 돌산이 허옇게 속살을 드러낸 것을 종종 볼 수 있다.

국교가 가톨릭이다 보니 피부색이 각각인 관광객들이 밀물처럼 밀려왔다 빠져나간다. 곱게 차려입은 노인들, 젊은 층, 소년에 이르기까지 노트르담 사원 광장은 단체관광객들로 인산인해를 이루고 있다.

실내에서의 촬영은 금지돼 있으나 요령껏 플래시를 차단하고 스탠드그라스를 찍으라는 가이드의 귀띔이다. 재작년 가톨릭의 본고장인 스페인의 유명한 성당 열댓 개를 눈에 담아온 내게는 애석하게도 그곳에 견줄 만한 스탠드그라스가 눈에 띄지 않았다. 조명도 너무 어두워서 도무지 실내를 분간할 수 없다. 성당건축만큼은 프랑스가 스페인에 못 미치는 것 같다. 그곳에선 관광객을 위해 충분한 조명시설을 갖춰 정규 기도시간 이외에는 얼마든지 마음 놓고 촬영 할 수 있었다. 나는 신앙이 없는 이방인인지라 어두컴컴한 성당에서 얼른 빠져나와 후원을 거닐었다.

내부보다 오히려 성당 외곽의 섬세하고 회려한 조각들이 카메라 앵글에 확실하게 잡혔다. 사진을 마음껏 찍고, 근처 모래밭에서 병아리처럼 종종거리는 어린아이들을 살피는 것이 훨씬 더 유쾌하였다. 제 각각의 피부색을 가진 엄마들 가운데 청일점 아빠 한 사람이 눈에 들어온다. 부모들이 특별히 만든 또래 모임인지, 유아원에서 소풍 나온 아이들 같아 보이지는 않았다. 아니면 프랑스 유아원은 아이마다 보모가 따로 붙는 것일 수도 있겠다. 벤치에 작정하고 앉아, 고물고물 장난치는 어린아이들의 유희에 빠져들었다.

세계에서 프랑스의 출산율이 가장 낮았는데 이젠 우리나라가 프랑스를 제치고 선두를 달리고 있는 현실이다. 자유분방한 동거를 포기하고 사랑하는 사람과 정식 결혼을 해, 아이를 낳는 파리의 젊은 부부들이 늘어나고 있다 한다. 흑백 차별 없이 천진난만하게 뒹구는 어린아이들이 바로 천사들이다.

세미나를 위해 프랑스 주재 한국문화원으로 이동하는 중에 도로를 막고 시위하는 대열과 맞닥뜨렸다. 우리나라처럼 폭력을 쓰는 과격한 시위는 아니었다. 데모의 이유가 정년 62세를 60세로 줄이자는 주장이란다. 우리나라 실정과는 정 반대의 투쟁이다. 주체자인 사회당의 붉은 장미문양 깃발이 그들의 열정처럼 펄럭이고 있다.

최준호 문화원장의 토로

세미나는 프랑스에 있는 한국문화원에서 열렸다.

아담한 건물 로비에 들어서자 반갑게 맞는 최준호 문화원장. 머리며 옷 스타일이 예사롭지 않다. 이종일 경남예총 회장

의 소개에 의하면 연극 유학을 프랑스에서 했고 한국예술종합
대학에서 후학을 가르치다 이곳에 부임한 지 삼 년 차라고
한다.

세미나가 열릴 지하 소극장(100석 규모)에서 지금 합창 연습
중이니 잠시 기다리라고 했다. 강의실 입구에 백남준이 왕성
하게 활동하던 시절의 사진이 걸려있다. 초기부터 작고 직전
의 모습까지 일목요연하게 편집한 전시회이다. 우선 이것 하
나만 보더라도 문화원장의 우리문화 전파에 대한 각오를 알아
차릴 수 있다.

지금 문화원에서 프랑스 시민을 대상으로 한국화, 서예, 매
듭, 한지공예, 도예 등 열두 가지 강좌가 열린다고 한다. 수강
자는 입양된 한인 한 명을 제외하곤 삼백오십 명가량 전부 외
국인이다. 12회에 걸친 강좌에 현지의 반응이 좋아 자부심이
대단한 것 같았다. 장소가 협소하여 구월부터는 고등학교를
빌려 강좌를 열 계획이라고 한다.

간단한 인사말 끝에, 자신이 부임해서 애로가 많았는지 특
별히 몇 가지를 당부했다.

첫째, 프랑스는 다양한 가치를 존중하는 나라다. 유네스코
의 본부가 파리에 있기도 하지만 정치, 경제, 사회, 모든 영역
의 바탕에는 문화가 깔려 있다.

갤러리가 삼천여 개나 되어, 일반인도 일상적으로 시청각적 감상을 충분히 한다. 생활을 풍요롭게 만드는 것이 프랑스인들의 인생철학이다. 직장인들은 저녁에 공연을 본 후, 다시 사무실에 돌아가서 업무 마무리를 하고 늦게 귀가하는 경우가 많다고 한다.

예술가들은 특별 예우를 받는다. 교통신호를 위반했는데, 예술가라고 하니 "당신(예술가)은 우리를 위해 창작하지 않느냐, 그래서 우리도 뭔가 당신을 위해 할 수 있는 일로 보답해주는 것이다."라며 범칙금을 물리지 않았다는 자신의 경험담을 들려줬다.

예술가는 국민에게 문화예술을 공급해야 할 의무가 있고 반대로 국민들은 공급받아야 할 권리가 있다는 요지였다. 이미 1840년대에 저작권 보호제도가 생겨서 창작물 보호를 받고 있다고 한다. '창의성'이란 돈으로 환산할 수 없는 가치이기에 비즈니스화되면 창의성은 이미 멀어진다는 지론이다. 그래서 신진작가들의 작품이 퐁피두센터나 루브르 등에 전시된 것은 오 퍼센트에 불과하다고 한다.

프랑스는 전통과 기록을 존중하는 나라이기에 사적지와 기록물 보존은 절대적이라고 한다. 한국문화원은 생긴 지 삼십 년이 되었다. 과거가 미래의 발전을 담보하는 역사임이 틀림

없는 사실인 것 같다. 최준호 원장의 뚝심과 설득에 힘입어 국내에서도 보기 드문 일곱 시간짜리 판소리 완창을 파리에서 열 수 있었다고 자부심이 대단했다.

경남예술 진흥을 위한 방향 모색
― 문학지원 확대의 필요성

한국수필가 협회 이사장 정목일 선생의 발제가 있었다.

인문학의 퇴조가 역력한 이즈음, 모든 학문의 기초가 되는 인문학, 특히 문학의 홀대에 나 자신조차도 자괴감에 빠져있던 시점이다.

정목일 선생은 문학은 상상 창조의 기반으로, 문학을 도외시히고는 모든 예술분야가 활성화될 수 없음을 강조했다. 문화예술의 견인차 역할을 했던 문학은 시대의 뒷전으로 물러나고 가시적, 현시적 예술(영상매체, 전시매체 등)에만 치중하는 시대를 통렬히 비판했다.

'미래를 위해서는 책을 읽어라. 미래는 예측하는 것이 아니라, 상상하는 것이다.'

앨빈 토플러의 청소년 대상 강연요지의 인용이다. 앞으로의 국가 경쟁력은 독서로부터 얻은 상상력에서 나온다는 뜻깊은 말씀이다.

'독서는 자신의 세계를 넓힐 수 있는 유일한 개혁이며 좁아터진 인간 내면의 확장공사를 조용히 진행해가는 눈부신 자기 확인'이라는 어느 시인의 말이 떠올랐다.

2010년 상반기 메세나 결연은 총 26개 팀이다. 그중 문학단체만 쏙 빠졌다. 경남도에서 지원하는 문화예술창작지원금도 여러 장르에 걸쳐 액수가 상당하나 유독 문학에 할당된 지원금은 명맥 유지에 불과하다. 문예지 지원과 원고료 지원, 문인 창작 지원책이 시급한 실정이다. 출판사, 학교, 도서관, 서점 등과의 연계 지원 대책 수립도 절실하다는 토로였다.

퐁텐블로성과 나폴레옹 침실

밀레가 말년에 작품 활동하던 바르비종으로 가기 전에, 사냥을 좋아하는 왕들이 세운 아름다운 성, 퐁텐블로성에 들렀다. 그 시절 왕들은 참으로 사치스러운 생활을 했다. 식용으로 가축을 쓰지 않고 사냥에서 얻은 꿩, 사슴, 노루 등의 요리만 즐겼다고 한다. 이곳은 나폴레옹이 주로 체류했던 주궁전이라고 한다.

근래 들어, 넓은 무공해 숲에서 자라나는 고사리를 한국교민들이 채취해서 나물로 먹는다는 가이드의 설명이다. 동서양, 지위 고하를 막론하고 인간의 식탐은 참으로 못 말리겠구나 하는 생각에 실소가 터져 나왔다.

넓게 펼쳐진 잔디밭 너머 녹음이 짙은 호수가 아스라이 떠오른다. 호수 근처를 한 바퀴 도는데 청량한 기운에 휘감겨 신비감마저 맴돌았다. 때맞추어 백조 한 쌍과 강아지 세 마리가 어울려 마치 숨바꼭질이라도 하는 양 잔디밭을 줄달음질 친다. 그 옆 풀숲에 엎드려서 책을 읽고 있는 아가씨는 혹, 하강한 선녀인가? 참으로 평화로운 풍경이다.

나폴레옹이 주로 사냥을 하며 머물렀다는 성에는 녹색 커튼이 드리워진 간이용 텐트도 보관되어 있다. 나폴레옹이 쓰던 휴대용 담베케이스, 중국 도지기로 보이는 작은 담배함, 가족 사진을 박아 넣은 사물함 등과 옷가지들도 고스란히 보관되어 있다. 나폴레옹 고유의 모자와 외투를 형상 그대로 전시해놓은 곳에선 금방이라도 망령이 튀어나올 것만 같은 으스스한 분위기이다. 마침 그때, 육안으로는 보이지 않는데 카메라만 들이대면 가는 형광선이 나타나는 것이 아닌가. 오싹 손이 오그라들었는데 정신을 차리고 보니, 도난방지를 위한 레이저

감시선인가 보다. 으슥한 분위기에 가뜩이나 온몸에 소름이 돋는데, 둘러보니 일행이 보이지 않는다. 구세주처럼 진주에서 오신 건축과 교수님을 만나 한시름 놓았다.

밀레의 방, 소박한 것이 아름답다

밀레 말년(1849~1875)의 활동지 바르비종으로 이동했다. 마을 입구에 깨끗하게 단장된 소규모의 마을 청사가 있다. 정원이 유난히 아름답게 꾸며져 있어, 청사라기보다 휴양지의 멋진 별장 같은 분위기다. 바깥에서 열심히 사진을 찍고 경남문화재단의 박 사무관과 내부로 들어가 보았다. 도정을 책임지는 분이라 그런지 공관에 대한 관심이 각별했다. 여직원 둘과 공관의 책임자 역시 여성이었다.

프랑스인들은 영어를 할 줄 알아도 자존심이 강해서 웬만해선 입을 떼지 않는다. 성실해 뵈는 이곳 책임자는 업무에 대한 친절이 몸에 밴 듯, 청사 홀을 결혼식에 무료로 빌려준다고 영어로 자세한 설명을 해줬다. 벽난로가 붙어 있는 홀은 이십 명이나 제대로 수용할 수 있을까, 공간이 협소하다.

파리에 와서 줄곧 느끼는 것은 프랑스인들은 작고 깨끗하고

실용적인 것을 추구하나 미적인 요소를 놓치지 않는다는 점
이다. 자동차도 헌 것이 많고 건물도 오래된 것을 본래의 형태
를 변형시키지 않는 한도 내에서 재건축한다. 역사와 예술을
최고로 여기는 국민성이 말할 수 없이 부럽기만 하다.

드디어 밀레가 말년에 머물렀던 집으로 가는 길이다. 좁은
길 양옆으로 집주인의 취향에 따라 지은 특색 있는 집들이 즐
비하다. 하나하나 사진에 담느라 일행을 놓치기 일쑤다.

밀레의 '만종'은 사실 이곳에서 그려진 것이 아니라고 한다.
그림 속 풍경도 처음과는 다르다고 한다. 평화로운 풍경에 어
울리지 않은 비참한 현실을 그린 그림을 위정자나 이웃들이
꺼려해서 후에 아이 시체를 지우고 풍요의 상징인 감자를 그
려 넣었다는 가이드의 설명이다. 사실의 진위는 확인할 수 없
으니 그대로 믿을 수밖에……

전시관 안에 원작으로 보이는 액자 끼운 '만종'이 고풍스러
운 의자 위에 얹혀 있기는 한데 진품 여부는 확인할 바가
없다. 밀레의 작품은 가벼운 댓상 몇 점에 불과하고 현대 작가
들의 작품들만 즐비하다. 그 시절에 쓰던 물건인지, 물레며 나
막신 한 쌍이 얌전하게 방 한구석에 놓였기에 카메라에 담
았다. 별것 아닌 것도 이렇게 소중하게 간직해서 관광객 수천

만을 끌어들이는 이 나라의 예술 혼이 부럽기만 할 뿐이다.

길가에도 한집 건너 갤러리가 있고 아트상품을 개발해 파는 가게도 많다. 카페 정원에 현대 작가들의 조각품을 전시해서 시민들이 무료로 감상할 수 있도록 한 배려는 참으로 부러웠다. 가는 곳곳, 마주치는 사람마다 아름답게 느껴져 환호를 해대자, 룸메이트 양 수필가가 적응이 잘 안 되는 눈치다. 아무려나, 내 감성대로 보고 느끼는 것이 여행의 묘미가 아니던가.

까마귀가 나는 밀밭

간밤에도 역시 잠을 이루지 못해 엎치락뒤치락 날밤을 새우니 이럴 땐, 과민반응을 일으키는 내 신경세포가 야속하기만 하다. 그래도 꿈에도 사무치던 밀레와 모네, 고흐의 본고장에 와, 그들의 체취를 느끼며 끙끙대는 이 밤이 얼마나 호사스러운 일인가. 그들이 불사른 예술 혼으로, 열락에 몸을 떠는 긴 긴 밤이 행복하기만 하였다.

한 시간 반가량 차를 달려 오베르에 도착했다. 파리의 북북서쪽에 있는 오베르는 센 강 지류인 우아즈 강 가까이에 있다. 이곳은 고흐가 생을 마감한 곳이다. 고흐 형제의 무덤이 있고,

대표작 '에베르교회' '까마귀가 나는 밀밭' 등의 명작의 고향이
자 말년의 하숙집 '에베르쥬'가 있는 곳이다.

고흐의 하숙집은 좁고 어둑했다. 침침한 층계를 올라 꺾어
지는 계단참에 둥근 창이 있는데 창밖의 담쟁이넝쿨이 기어올
라 마치 한 폭의 수채화 같다. 마주 비켜서기에도 비좁은 이
층 복도 서편에 작은 방이 두 칸 있는데, 그 중 한 칸에서 고흐
가 말년을 보냈다. 겨우 간이침대 하나 놓일 만한 공간에서 어
떻게 이젤을 펼쳐놓을 수 있었는지 궁금하기만 하다. 서쪽 창
앞에 놓인 작은 의자에 앉아 기념사진을 찍으며 잠시나마 고
흐의 피폐한 삶을 떠올려 본다. 눈물이 핑 돌았다. 그래도 동
생 테오의 헌신적인 뒷받침이 있었기에 그나마 불후의 명작을
그려내지 않았을까. 숨쉬기도 힘든, 됫박만 한 공간에서 고흐
는 삼십칠 세의 짧은 생을 마감했다. 고흐가 자살하고 불과 반
년 만에 동생 테오도 세상을 뜨고 말았디. 형제에기 유별났던
탓인가, 아직도 그 연유를 모르겠다.

그리고 기행문을 쓰는 지금, 나는 말할 수 없이 깊은 슬픔에
빠져 있다. 젊은 청년 배우 박용하가 며칠 전 자신의 방 침대
머리에 목을 맸다. 그토록 순수하고 예의 바르고 자신의 삶에
혼신의 힘을 기울였던 젊은이가, 왜 그런 극단적인 선택을 했
어야만 했는가. 어미의 심정으로 가슴이 저리다. 이제 고흐의

쓸쓸하고 외로운 방을 떠올리면 아름다운 청년도 함께 떠올라 내 마음을 시리게 훑어 내릴 것만 같다.

방 바로 곁에 이십 명가량 들어갈 수 있는 시청각실이 있다. 고흐의 옛 사진들과 흔히 알려지지 않은 귀한 작품들을 그곳에서 슬라이드로 감상할 수 있었다. 천장 끝 어디에선가 고흐의 무뚝뚝한 시선이 나를 주시할 것 같은 야릇한 심정으로 몸이 잘게 떨려왔다.

어둑한 고흐의 방을 보고, 비참했던 그의 생애에 잠겨 묵묵히 일행을 따라가노라니 그 유명한 '오베르교회'가 우뚝 앞을 가로막았다. 그림으로만 감상하다, 실물로 다가선 감동이 이만저만이 아니다. 교회 가까이에서 고개를 바짝 젖혀, 올려다보고 그렸을 구도였다. 한 바퀴 돌아 뒷문을 들어서려니 안에서는 축제준비로 한창 분주하게 움직이고들 있다. 시간만 허락한다면 축제에 참가해 보고 싶은 맘 굴뚝같다.

드디어 나는 '까마귀가 나는 밀밭'의 무대에 오른다. 공교롭게도 비참하게 살다 간 고흐의 무덤으로 가는 길목에서 한 쌍의 부유한 부부를 만났다. 고액의 캐딜락 스포츠카와 미모의 젊은 아내를 맞이한 사내의 여유가, 튀어나온 배를 감싸지 못하는 고급양복 위에서도 번지르르 배어 나왔다. 저들처럼 고흐의 환경이 좀 더 윤택했더라면 왕성한 작품 활동을 통해 불후의 명작을 더 많이 남기지 않았었을까. 하긴 모르는 일이다. '배부른 예술가'라는 말은 들어본 적이 없었으니…….

따가운 유월의 햇살을 받으며 밀밭을 올랐다. 수많은 고흐의 밀밭 그림이 망막 가득 떠올라, 가던 길을 멈추고 자꾸 뒤돌아보았다. 같이 오르던 이 선생을 고흐의 밀밭 배경으로 찍어드렸다. 왼쪽은 넓디넓은 밀밭이고 오른쪽으로 갖가지 꽃으로 치장한 공동묘지가 나타났다. 자그마한 철 격자문을 통해 묘역 안으로 들어가서 왼쪽으로 꺾어졌다. 입구에 들어설 때만 해도 그 유명한 고흐가 이런 초라한 묘역에 묻혀있으리라곤 상상도 하지 못했다. 크고 호화스러운 묘지가 있는가 하면, 십자가만 달랑 꽂힌 초라한 묘지도 많았다.

가이드가 발걸음을 멈춘 곳에 얄따란 묘비 두 개가 나타났다. 묘비 하나가 채 일 미터도 안 돼 보였다. 평범하고 초라한 무덤이었다. '빈센트 반 고흐' 옆에 '테오도르 반 고흐'라는 표지가 석판에 새겨져 있다. 이것이 십구 세기 최고의 화가이자 오늘날 가장 인기 있는 화가인 고흐와 그를 평생 뒷바라지했던 동생 테오의 묘이다. 소박하다 못해 궁색해 보이는 어처구니없는 장면에, 수많은 생각이 머릿속을 휘몰아쳐 왔다.

묘지 주변은 거의 모두 밀밭이다. 고흐는 죽기 직전 '까마귀가 나는 밀밭'을 그린 후에 여기서 권총 자살을 기도했다고 한다. 고흐가 처절하게 사투를 벌이다 비참하게 생을 마감한 자리에서 우리 일행들은 기념사진을 박고 있다. 이 모순된 모습이 결국 우리가 살아내야 할 인생이 아니던가.

모네의 정원에서 길을 잃고

고흐의 상념에서 미처 빠져나올 새도 없이 이번엔 모네의 정원이란다. 웬 복이란 말인가.

끌로드 모네의 생가가 있는 작은 마을 지베르니에 도착했다.

모네의 대표작들은 뭐니 뭐니 해도 수련을 주제로 한 작품이 유명하다. 사시사철 수련의 생태를 관찰하느라 연못에 기울인 정성이 대단했다고 알려졌다.

주차장에서 도로 건너에 생가가 있는 관계로 지하도를 건너야 했는데, 연못에서 흘러든 습기 탓인지 눅눅한 기운이 배어나와 더위를 씻기엔 안성맞춤이었다. 진입로가 여럿 있는데 우리는 서쪽으로 난 간이 출입구로 입장했다. 실은 일행을 잃고 홀로 헤매다 나중에 터득한 사실이다.

모네의 화풍은 섬뜩한 인상을 주는 고흐에 비해 온화하여 비교적 대중적이다. 나는 중학교 미술시간 명화감상 이후로 모네의 신비한 색채감에 빠져들었다. 해서 그림엽서나 화집을 기회 있을 때마다 모아왔다.

아름다운 정원에 일본식 대나무 울타리와 목재 다리가 놓여 있고 연못가에는 버드나무 줄기가 미풍에도 낭창낭창 흔들렸다. 주홍색 나리가 기승을 부리고, 분홍, 보라, 노랑, 갖가지 화사한 색깔의 꽃들이 다투어 피었으나, 꽃 중의 꽃은 단연 못 안의 수련이다. 요염하게 떠 있는 수련을 찍다 보니 색의 마술에 홀린 듯, 몽롱해져 모네 생가에 발을 디뎠다.

고운 장미넝쿨이 아치를 이룬 무지갯빛 정원 속에선, 노부부, 장애인, 젊은 청춘들도 모두 한 송이 꽃이다. 소외된 계층을 인솔하여 아름다운 모네동산을 함께 즐기는 모습을 보니 아직 이에 못 미치는 우리의 복지수준이 아쉽기만 하다.

보라 꽃이 무성한 아치 앞에서 사진을 찍으려고 일행을 찾으니 보이지 않는다.

"이 양반들이 어디로 가셨나?"

혼잣말로 일행을 찾는데 곁을 스치는 동양 아가씨가 입가에 웃음을 머금고 목례를 보내온다.

"아가씨, 한국말 알아요?"

반문하자 조금밖에 못한다며 엄마가 한국인인데, 캘리포니

아에서 왔단다. 곁에서 흐뭇한 표정으로 우리의 대화를 지켜보는 청년의 모습이 듬직하다.

모네의 바깥쪽 전시실은 일본 작가의 인물화, 사무라이 풍속화 등 왜색 일색이다. 모네 생전, 일본식 정원에 반해 연못을 꾸미고 수련을 심어 화제로 삼았다더니 일본 그림도 많이 수집했었나 보다. 실망을 하고 줄에 떠밀려 안쪽 전시실에 들어서자 비로소 삼면 가득 익숙한 모네의 작품들이 보인다. 그림은 벽면 높이 걸려 있고 밑에는 생전에 쓰던 장식품들로 꾸며져 있다. 중국 청유, 녹유 도자기류, 섬세한 솜씨로 짠 대바구니 등 볼거리가 즐비하다. 실용품인 거울과 시계를 함께 구성한 장식품의 조형미가 빼어나다. 손으로 짠 흰 레이스 침대보가 덮인 침대도 모네의 화풍처럼 정갈하다. 볼거리는 많고 사람들이 북적대서 오래 한자리에 머물기도 미안하다. 한정된 시간이 야속할 뿐이다.

아쉽지만 모네의 작품을 뒤로하고 전시실을 빠져나왔는데 아뿔싸! 일행이 보이지 않는다. 어디로 간 것일까? 요염한 장미넝쿨과 화려한 꽃 무더기 어디에서도 동양인의 얼굴은 찾아볼 수 없다. 혼비백산하여 거대한 정원을 두 바퀴나 돌아도 출구조차 보이지 않았다. 물어물어 아트상품가게를 찾아드니, 아― 일행 몇 분이 아직 있다. 십년감수 했다.

노인 관광을 다녀온 이에게 뭘 봤느냐고 물으니, 노란 깃발 밖에 본 게 없다고 하더라는 우스개가 나에게도 해당하는 나이인가 보다.

밤의 호사, 센 강 유람선

계획대로라면 뙤약볕을 받으며 센 강 유람선을 탔어야 한다. 며칠 동안 회원들의 논의 끝에 야경을 보기로 했다. 우리가 낮에 두 시간 가까이 줄을 서서 올랐던 에펠탑과 루브르 박물관, 파리시청과 노트르담 사원과 미술학교 등, 센 강변 양쪽에 있는 유서 깊은 건물들에 모두 화려한 조명장치를 해 놔서 낮과는 또 다른 신비감을 느낄 수 있었다.

시원한 강바람을 맞으며 강변 양쪽 난간에 시민들이 빼곡하게 앉아있다. 주점도 상가들도 모두 열 시 이전에 문을 닫는 영향인지, 강변에 모여앉아 맥주잔을 기울이고 있는 젊은이들의 유쾌한 웃음이 여름밤을 더욱 달군다. 그들의 낭만이 고스란히 내게로도 전해져 왔다.

스쳐 지나가는 다른 유람선에선 신혼부부의 피로연인 듯, 흰 드레스와 검은 정장으로 치장한 하객들이 축배를 들며 무도회를 벌이는 풍경도 보인다. 또 다른 유람선은 재즈음악 동호회인가, 기타와 봉고 소리가 신바람을 일으켜 우리 배까지 흥을 돋우고 있다. 아울러 좌우로 늘어선, 건축물의 현란한 야경을 감상하느라 시간 가는 줄 모르겠다.

앳된 한국인 남녀가 서로 사진을 찍어주고 있기에 같이 한 장 찍어주겠노라고 자청을 하며,

"남매죠?"

물으니, 활짝 웃으며 신혼여행 왔단다. 선한 얼굴이 남매처럼 닮아서 실언했다. 부부가 닮으면 잘 산다고 덕담을 건네자 고맙다고 인사하는 두 인연이 아름답다. 그들을 보니, 아폴리네르의 「미라보다리」가 떠올랐다. 시심에 잠겨 나의 청춘을 떠올렸든가…….

미라보 다리 아래 센 강은 흐르고
우리들의 사랑도 흘러간다.
그러나 괴로움에 이어서 오는 기쁨을
나는 또한 기억하고 있으니
밤이여 오라 종이여 울려라
세월은 흐르고 나는 여기 머문다
손에 손을 잡고 얼굴을 마주 보자

우리들의 팔 밑으로 미끄러운 물결의 영원한 눈길이 지나갈
때…….

파리의 밤은 깊어가고, 우리의 일정도 막바지로 접어들
었다. 화려한 에펠탑의 레이저 쇼가 막 시작되었을 때, '대~한
민국' 고함소리가 귀를 찢는 것이 아닌가. 월드컵 십육강의 벅
찬 기쁨이 새삼스레 치솟는지, 다리 다섯 개를 다 지나칠 때까
지 반복하여 악을 써댔다. 남에 대한 배려는 눈곱만큼도 없다.
서양인들 보기에 민망스러워 얼굴이 다 화끈거렸다. 통영에서
단체로 관광 온 여인들이란다. 아- 이 아름다운 밤에는 무례
한 그들마저도 용서해야 하리.

오르세에서 또 길을 잃다

오전에 퐁피두센터에서 모네 화집을 사지 못한 것이 화근이
었다. 오르세 미술관에 입장하자마자 선물센터부터 찾았다.
불어로 된 낯선 활자를 더듬어 겨우 모네 코너를 찾았으나, 이
선생이 구입한 화집은 없었다. 다른 것은 무겁기도 하고 수록
된 작품이 집에 있는 것과 같아 살 필요가 없었다. 서점에서

지체하다 보니 또 일행과 떨어지게 되었다.

낯선 표지판을 더듬어 모네, 고흐, 고갱, 세잔, 밀레의 대표작들만 대충 훑어보고 명화 마그네틱을 사려 선물코너에 들어갔는데 벌써 약속 시간이 다 되었다. 화들짝 놀라 미술관 밖으로 빠져나와 약속된 장소로 가니, 아무도 보이지 않았다. 내가 너무 늦은 걸까. 시계를 자세히 들여다보니, 아차, 한 시간을 착각한 것이다. 오랜 시간 어렵게 줄을 서서 입장했는데 이 무슨 망발이란 말인가.

무작정 멍청하게 아까운 시간을 버릴 수는 없는 일이라, 기웃거리다가 한산한 옆문을 찾으니, 덩치 큰 흑인 관리인 둘이 버티고 서 있다. 행여나 싶어 짧은 영어로 더듬거려 사정을 하니,

"Do you want inside?"

발음도 정확하게 되묻는 것이 아닌가. 얼싸 좋다! 행여 옆문으로 들여보내 주려나, 기대는 야무졌으나 혼자만의 착각이었다. 다시 긴 줄 끝에 서서 들어가란다. '야 이 녀석아, 곧이곧대로 하려면 내가 왜 네 덕을 보려 했겠냐.' 허탈하게 중얼거리며 포기하고 돌아섰다. 이곳이야말로 원칙을 중시하는 서양이 아닌가, 급행은 대한민국에서나 가능한 것을…….

청탁에 마지못해 주마간산 격으로 기행문을 쓰고 보니 후회 막급이다. 그러나 파리예술기행 일주일은 참으로 뿌듯했다. 루브르, 에펠탑, 개선문 등 세계적 명소 탐방을 해서가 아니라 전통을 아끼고 보존하려는 프랑스인의 예술성을 진정 가슴으로 만날 수 있었기 때문이다. 머리끝에서 발끝까지 세련된 옷차림과 겸허하고도 진지한 그들의 생활 습관들에서 가슴 저린 감동을 받았다. 그들 가까이서 그들의 조상이 남겨준 문화유산을 가슴에 새길 수 있어 참으로 행복했다.

동행한 예술인들과 혹 이 글을 읽을 독자들도 나처럼 파리에 젖어, 내내 행복하기를 기원하며 졸필을 마친다.